W0175543

DistelLiteraturVerlag

Jean-Patrick Manchette, geboren 1942 in Marseille, liebte Jazz, Kino und Literatur. Entsprechend virtuos wußte er Bilder aus Alltag, Abenteuer und Sozialkritik mit den Klängen eines großen *Roman noir* zu verbinden. Durch seinen erzählerischen Reduktionismus, knappe Dialoge, kurze Sätze, und hintergründigen Humor hat Manchette – an die Tradition von Raymond Chandler und Dashiell Hammett anküpfend – eine moderne, auf Europa zugeschnittene Form des amerikanischen «hardboiled» Krimis gefunden. Manchette gilt als Begründer des neueren sozialkritischen französischen Kriminalromans, des sogenannten *Néo-polar*. Er arbeitete als Drehbuchautor und veröffentlichte u. a. zehn Kriminalromane, von denen die meisten verfilmt wurden, so «Nada» von Claude Chabrol, «Morgue pleine» («Volles Leichenhaus») von Jacques Bral und «Que d'os!» («Knüppeldick») von und mit Alain Delon.

1995 starb Manchette im Alter von nur 52 Jahren in Paris. Er wurde zur Leitfigur für eine neue Generation von Krimiautoren in Frankreich.

«Blutprinzessin» erschien postum 1996, herausgegeben von Doug Headline, dem Sohn von Jean-Patrick Manchette, und François Guérif.

Jean-Patrick Manchette
Blutprinzessin

Mit einem Nachwort
von Doug Headline

Aus dem Französischen
von Christina Mansfeld

DistelLiteraturVerlag

Lektorat: Gudrun Gründken

Deutsche Erstausgabe
Copyright © 2001 by Distel Literaturverlag GmbH
Sonnengasse 11, 74072 Heilbronn
Die Originalausgabe erschien 1996
unter dem Titel «La Princesse du sang»
bei Éditions Rivages (Paris)
Copyright © Éditions Payot & Rivages 1996
Umschlagentwurf: Jürgen Knauer, Heilbronn
Druck und Bindung: Fritz Steinmeier, Nördlingen
ISBN 3-923208-49-9

1

Der schwarze Oldsmobile fuhr vorsichtig auf dem Sand eines Strandes. Balázs saß am Steuer. Maurer und Branko auf der Rückbank hatten ein siebenjähriges Mädchen, das in einen Daunenschlafsack eingehüllt war, zwischen sich, es war mit einer Morphiumspritze betäubt worden. Der Morgen dämmerte. Mit ausgeschalteten Standlichtern rollte der Wagen wie ein düsterer Schatten über den grauen Sand des leeren Strandes. Die Gesichter der drei Männer wirkten fahl und ihre Kleidung war dunkel. Die violette Zungenspitze im Mundwinkel zwischen die schmalen Lippen geklemmt, steuerte Balázs den schweren Wagen langsam über den unsicheren Boden, auf dem alte, hart gewordene Fahrspuren verliefen, deren Kanten jedoch schon abbröckelten. Er fuhr im ersten Gang auf das würfelförmige Haus zu, das abgelegen am Ozean stand. Sie kamen dort an, hielten und stiegen aus. Dann setzte sich Maurer ans Steuer des Wagens und manövrierte ihn in die einfach gebaute Garage: Es war nur eine geteerte Fläche unter einem breiten, mit Stangen abgestützten und schilfgedeckten Vordach, das hinter dem kubischen Haus angebracht war.

Balázs ging währenddessen in das zweigeschossige Gebäude. Branko folgte ihm mit dem bewußtlosen Mädchen in den Armen. Von diesem war nur der obere Teil des Kopfes zu sehen: dichte schwarze Haarlocken und etwas von der blassen Stirn.

Auf dem für zwei Fahrzeuge ausgelegten Abstellplatz parkte Maurer den Oldsmobile mit der hinteren Stoßstange zur Rückwand des Hauses ein. Auf dem anderen Platz stand ein mausgrauer Peugeot 203 in der gleichen Richtung eingeparkt, er war leer. Der 203 hatte spanische Kennzeichen. An den Kennzeichen des schwarzen Oldsmobile konnte man erkennen, daß der Wagen in den Vereinigten Staaten, in Florida, zugelassen war.

Maurer stieg aus dem Wagen, verriegelte die Türen nicht, schenkte dem Peugeot keinerlei Beachtung. Er ging von dem angebauten Vordach weg zur Vorderseite des Hauses. Dazu mußte er zunächst an der Hausseite entlang auf den Ozean zugehen, hinter ihm türmten sich fahle, mit dunklen Gräsern bewachsene Dünen auf, über ihm ein kobaltblauer und messingfarbener Himmel.

Maurer war jung, sicherlich nicht älter als 25 Jahre. Er war groß, breitschultrig, trug derbe blaue Leinenhosen, Springerstiefel, eine blaue Seemannsjacke über einem dünnen schwarzen Rollkragenpullover. Er hatte ein kantiges Gesicht, ein kräftiges Kinn, fleischige Lippen, eine gerade Nase zwischen hohen Backenknochen. Stahlgraue, etwas schrägstehende Augen mit fast farblosen Augenbrauen und eine hohe Stirn. Der Nacken und der Schläfenbereich waren ausrasiert. Oben auf seinem Kopf kräuselte sich sehr kurzes und dichtes strohblondes Haar.

Der junge Mann vernahm plötzlich ein Geräusch, das sich so anhörte, als ob jemand schnell und kräftig einen

6

Korken aus einer Flasche zöge, dann klirrte etwas, und er sah vor sich kleine Glasstücke in den fahlen Sand fallen. Ohne langsamer zu werden, warf er den Kopf in den Nacken und sah zu dem einzigen Fenster an der Seitenwand hoch, an der er gerade entlangging. Es war in der ersten Etage und wie die wenigen anderen Fenster des Hauses mit Holzläden verschlossen. Maurer lief schneller und beugte den Kopf wieder nach vorn. Mit vier großen Schritten war er um die Ecke und an der Eingangstür des Gebäudes. Im Laufen hatte er zwei Knöpfe seiner Jacke aufgemacht; er griff mit der rechten Hand in das Revers, mit der Linken öffnete er die Tür, stieß sie sacht auf und trat sofort zur Seite, lehnte seine linke Schulter an die weiß verputzte Außenwand, riskierte dann einen Blick durch die Tür, denn durch das träge Rauschen des Ozeans konnte er nur schlecht etwas hören.

Ein Wohnzimmer nahm fast das gesamte Erdgeschoß ein, im Dämmerlicht erkannte man einen ziegelroten Fliesenboden, bunt zusammengewürfelte Bambussessel, zwei verblichene Stoffsofas, einen Haufen alter, zerfledderter Zeitschriften auf einem ovalen Couchtisch, um den Korbstühle standen. Weiterhin einen leeren Kamin, geometrisch gemusterte Vorhänge, aus Magazinen herausgerissene und mit Reißzwecken an die weißlichen Wände geheftete großformatige Schwarzweißfotos von verschiedenen spanischen Fußballmannschaften. An zwei Stellen hingen nackte Glühbirnen an Stromkabeln von der Gipsdecke. Es war niemand zu sehen.

Gegenüber der Eingangstür führte eine steile, gerade Treppe in die erste Etage hinauf und mündete in eine offene Deckenklappe. Maurer hörte oben Schritte, betrat schnell das Haus, und ging nach links, weil er dort den

Eingang zu einer kleinen Küche gesehen hatte, die durch eine dünne Wand vom Wohnzimmer abgetrennt war. Doch ein Mann in einer langen schwarzen Lederjacke und mit einer schwarzen Wollmütze kam, mit den Händen in den Taschen, die Treppe herunter und sah Maurer, bevor dieser die Küche erreicht hatte. Es war weder Branko noch Balázs. Maurer blieb stehen.

«Guido», sagte er. (Der Gruß klang weder erstaunt noch erfreut.)

«Programmänderung. Ich bleib bei euch. Die anderen sind oben. Mach die Tür zu», befahl Guido, als er die Treppe hinunter- und weiter auf Maurer zukam; dieser streckte sein rechtes Bein aus, stieß die Tür mit einem Fußtritt zu, ohne Guido dabei aus den Augen zu lassen oder die Hand aus dem Revers zu nehmen.

Guido nahm nun die Hände aus den Taschen. Er trug OP-Handschuhe und hielt in seiner Rechten eine halbautomatische Sauer-Pistole Modell 38, eingerichtet für Kaliber .380, mit Schalldämpfer und schoß genau in dem Augenblick auf Maurer, als dieser mit einem Ausfallschritt wie ein Fechter auf ihn zustürzte.

Parang ist der malaiische Name für ein Kurzschwert, das an Klinge und Griff mehrmals funktionsgerecht gewölbt ist und drei verschiedene Schneidschärfen hat. Der Parang ist, wie die Machete in Lateinamerika oder der Bolo auf den Philippinen, ein gutes Buschmesser. Mit dem Parang kann man auch Muscheln öffnen und Wild enthäuten oder sich künstlerisch betätigen, zum Beispiel Holz oder Knochen bearbeiten. Man kann ihn als Waffe benutzen. Ein guter Parang hat eine etwa 30 Zentimeter lange Klinge. Die Schneide ist größtenteils so scharf, daß es sogar gefährlich ist, die Hülle festzuhalten, wenn man mit der anderen Hand die Waffe zieht.

Denn die Klinge kann die Hülle zerschneiden und die Hand durchtrennen. Vorsichtige Malaien tragen ihren Parang deshalb in einer Holzscheide.

Maurer riß, während er wie ein Fechter auf Guido zustürzte, den 45 Zentimeter langen Parang hervor, den er unter dem linken Arm in einer Segeltuchhülle trug, die ihm bis zum Oberschenkel reichte.

Die Klinge zerschnitt die Hülle genauso mühelos wie den Jackenstoff. Sie vollführte ihre Bahn von unten nach oben, während Maurer den rechten Arm vorstreckte, und das .380 ACP-Geschoß, das Guido auf ihn abgefeuert hatte, in die linke Schulter bekam, was sich anhörte, als ob man schnell und kräftig den Korken aus einer Flasche zöge.

Guido verstand sein Handwerk. Er hatte den Bauch anvisiert, das ist am sichersten, doch da sich Maurer ziemlich tief geduckt hatte, war das Geschoß in die Weichteile unterhalb des Schlüsselbeins eingedrungen, hatte das linke Schulterblatt durchschlagen, war am Rücken durch die Jacke wieder ausgetreten und dann in der Küchenwand verschwunden. Der Parang durchtrennte Guidos Handgelenk, die Hand und die Sauer fielen auf den Fliesenboden. Beim Einschlag der Kugel knickte Maurer mit dem linken Bein weg, so daß die scharfe Spitze des Parangs letztlich nur noch Guidos Kinnspitze erwischte und sie bis zum Knochen aufschnitt. Als Maurer weiter vorpreschen wollte, fiel er auf sein rechtes Knie. Er stand wieder auf. Guido wich zurück zur Treppe. Schweigend. Mit entsetztem Blick. Aus seinem Handgelenk floß viel Blut auf den Boden. Maurer erwischte Guido, als dieser auf den ersten Treppenstufen zusammensackte. Maurer wollte ihn enthaupten, bevor er schreien konnte. Doch Maurer wankte. Der waagerecht geführte, kräftige Hieb, der Guidos Hals durchschneiden sollte, traf lediglich die Kehle des Einhändigen, ohne den Kopf vom Rumpf zu trennen. Guido schien wie ein Faltrollo zusammenzuklappen, das gespaltene Kinn kippte auf den offenen Hals, der Oberkörper sackte auf die Schenkel, schließlich fiel er vornüber, zur Seite und blieb so, zweimal gefaltet, reglos auf dem ziegelroten Fliesenboden liegen. Die Blutlachen aus seinem Handgelenk und aus seinem Hals wurden größer und flossen ineinander. Außerdem waren überall im Zimmer scharlachrote Spritzer zu sehen.

Da der erhoffte Widerstand (der Halswirbel) ausgeblieben war, hatte Maurer unmittelbar nach dem waagerechten Schlag das Gleichgewicht verloren und war hingefallen. Er knurrte, blieb einen Moment liegen, rollte dann in dem Blut zur Seite ab und stand schließlich wieder auf. Er ging zu der Hand, die im Handschuh steckte und die Pistole hielt. Er kniete sich mit einem Bein hin, knurrte und verzog das Gesicht, legte seinen klebrigen Parang auf die Fliesen ab, löste die Sauer aus der Hand. Als er wieder aufstand, verkrampfte sich sein Gesicht vor Schmerzen. Den Parang hielt er in seiner linken Hand, die schlaff herunterhing, die Schußwaffe in seiner Rechten.

Es waren noch nicht einmal dreißig Sekunden vergangen, seit Guido auf Maurer geschossen hatte. Weder der Schuß noch das, was sich danach abgespielt hatte, war lauter gewesen als das Geräusch, das jemand macht, der ein unbeschnittenes Buch auf den Tisch klatschen läßt und dann einige Seiten aufschneidet.

Trotzdem erschien jetzt oben auf der Treppe ein hübscher schlanker Kerl mit sehr dunklen Haaren, braungebrannter Haut, Glenscheck-Dreiteiler und richtete eine lange Reising-Pistole auf Maurer, mit Schalldämpfer wie die Sauer. Der junge Mann schien unschlüssig, er zögerte, Maurer jagte ihm drei .380-Kugeln in den Oberkörper, der junge Schönling fiel tot auf die Stufen und blieb dort liegen.

Nachdem Maurer sich davon überzeugt hatte, daß niemand in der Küche oder im Waschraum im Erdgeschoß war, stieg er die Stufen hoch. Auf seinem Rücken hatte sich der dicke Stoff der Jacke unter dem Austrittsloch der Kugel etwa eineinhalb Handflächen breit mit Blut vollgesogen. Der Mann hörte oben ein Geräusch und blieb reglos stehen. Jemand öffnete ein Fenster, öffnete die Fensterläden, sprang von der ersten Etage auf das schräge Schilfdach der Garage, durchschlug das zerbrechliche Gebilde und landete auf einem der beiden Wagen. Maurer stieg weiter die Treppe hoch, er beeilte sich, aber es fiel ihm schwer. Eine leichte Autotür klappte, anscheinend nicht die des Oldsmobiles. Und dann war tatsächlich das Anlassergeräusch des 203 zu hören.

Unmittelbar darauf wurden durch die Druckwelle die oberen Fenster herausgesprengt, und das Explosionsgeräusch einen Sekundenbruchteil später hörte sich so an, als ob mit einem Schlag zwei Kilometer Blech zerrissen würden.

Maurer stand auf den Stufen, wankte, da er in beiden Händen Waffen trug und sich nicht festhalten konnte, bekam das Fenster aus der Rückwand der ersten Etage samt Rahmen auf den Kopf, eine Wolke aus Gips und Mörtel mischte sich in das Gestöber aus zermahlenem Glas. Die Rückwand des Strandhauses bebte. Dachziegel flogen herum. Der in die Luft geschleuderte Motorblock des Peugeot fiel auf das Dach, durchschlug es und zerkrachte im Obergeschoß auf dem Parkett. Staub und Rauch drangen durch die oberen Fensterlöcher und verteilten sich langsamer, aber raumgreifender als der erste Scherbenstrahl im Haus.

Maurer fiel nicht um. Er schwankte. Der Gips hatte ihm die Haare, das Gesicht, den Oberkörper weiß eingestäubt: Er sah aus wie ein mit Parang und Pistole bewaffneter übergeschnappter Bäckerjunge. Er stöhnte auf und stürzte los. Die Treppe bebte noch, als Maurer über den toten Schönling hinwegsprang und im Rauch und Staub oben durch den Flur und die beiden Zimmer lief. Durch ein völlig zerstörtes Fenster sah er, daß das Garagendach verschwunden war. Von dem 203 war nicht viel übriggeblieben, von dem Fahrer ebenfalls nicht, und es brannte. Der wuchtige Oldsmobile lag auf der Seite, alle Scheiben waren kaputt, die Reifen zerschmolzen; er brannte noch nicht.

Balázs und Branko waren in einem der beiden Zimmer mit einer Schußwaffe getötet worden. Im anderen Zimmer lag das Mädchen hinten vor der Wand am Boden, noch immer in dem Daunenschlafsack, auf dem zwei Einschußlöcher und etwas Blut zu sehen waren. Maurer steckte die Sauer in seine rechte Jackentasche und bückte sich mühsam. Er legte einen Finger an die Halsschlagader des Mädchens. Es lebte noch. Er hob es sich auf die Schulter, stützte sich auf seinen Parang, um wieder aufzustehen, stöhnte vor Schmerz, als er durch das Zimmer bis zur Treppe schwankte, stieg sie behutsam hinunter und verließ schnell das Haus.

Es war Morgen. Vom Feuer stieg eine schwarze Rauchsäule in den blauen Himmel. Maurer ging mit großen Schritten am Ozean entlang. Nach einer Weile verschwand er in nördlicher Richtung am Horizont.

Mehrere Jahre später verließ Maurer eines Morgens in England, in Liverpool, eine Absteige für Matrosen, drei Männer in schwarzen Wachstuchmänteln umringten ihn, einer hielt ihm den kurzen Lauf eines Revolvers ins Ohr und fragte ihn dann: «Wo ist Alba Black?»

2

Am 1. Januar 1956 landete auf dem kleinen Flugplatz von Dieppe (Département Seine-Inférieure) kurz nach 17.45 Uhr ein Luft-Taxi, eine Piper Cub. Auf dem Stellplatz stieg Ivy in warmen Fliegerstiefeln der Royal Air Force, mit Wolfspelzmantel, schwarzer Brille und schwarzem Stetson-Hut aus der einmotorigen Maschine. Sie drückte dem Piloten die Hand, schüttelte den Kopf, als dieser etwas zu ihr sagte, und trug eine schwere Reisetasche aus grauem Leinen mühelos zum Ausgang des Geländes. Sie ging sofort zu einem dort wartenden Land Rover. Am Steuer saß ein blonder junger Mann, um die zwanzig, mit lammfellgefütterter Jacke, Pullover, braunen Kordhosen und Pataugas-Schuhen.

«Sind Sie Mademoiselle Ivy?» fragte er. «Ich bin Lajos. Ich werde Ihnen helfen.» (Doch sie hatte ihre Tasche bereits hinten im Land Rover verstaut und kletterte vorn ins Wageninnere.) «Sie hätten mich helfen lassen sollen», sagte Lajos und ließ den Motor an.

«Salut, Lajos», meinte Ivy und hielt Lajos die Hand hin, doch anstatt sie zu drücken, nahm Lajos die Hand, beugte sich tief hinunter und küßte sie.

«Meine Verehrung», ließ er verlauten.

Er sprach mit ausgeprägtem Akzent. Der Land Rover setzte sich in Bewegung und fuhr zunächst in Richtung Meer, dann über die lange und steil abfallende Rue Gambetta nach Dieppe hinein. In der winterlichen Abenddämmerung zogen Wahlplakate vorbei. Die Kandidaten für die Nationalversammlung versprachen, mit den algerischen Rebellen fertig zu werden. Andere Plakate verkündeten das Kinoprogramm der Stadt: *Reif auf jungen Blüten*, *Rattennest*, *Jenseits von Eden*. Wegen des Akzents und des ungewöhnlichen Benehmens von Lajos fragte ihn Ivy zwischendurch, ob er schon lange in Frankreich sei.

«Noch nicht ganz ein Jahr», sagte er. «Ich habe Ungarn 52 verlassen, doch danach war ich in Österreich, dann kam ich nach Paris und habe bald darauf Samuel getroffen.» (Er warf Ivy einen besorgten Blick zu.) «Ich weiß nicht, warum er Sie nicht persönlich abgeholt hat. Ich vermute, er möchte, daß Sie sich ein Urteil über mich bilden.»

Ivy antwortete nicht. Am unteren Ende der Rue Gambetta bog der Land Rover rechts in eine Haarnadelkurve ein. Er fuhr an der Rückseite des Bahnhofs vorbei durch Dieppe, so entging man eventuellen Staus oder vermied womöglich lästige Wartezeiten an einem beschrankten Bahnübergang. Schnell waren sie an der Steigung Pollet, die sie rasch hinauffuhren und Limousinen, wie Peugeot 203 und 403, Rénault Frégate, Citroën DS 19 usw. überholten. Oben an der Kreuzung nahm er nicht den Abzweig nach Tréport oder Eu, sondern fuhr nach rechts und dann weiter in östlicher Richtung auf der Route Nationale 320. Bei der Abfahrt vom Flugplatz hatte Lajos das Standlicht angeschaltet. Jetzt schaltete er das Fernlicht ein, weil es finster geworden war. Ivy nahm ihre dunkle Brille ab. Unter ihrem schwarzen Filzhut hatte sie ein längliches Gesicht mit einer hohen Stirn, ausgeprägte Wangenknochen, eine feingeschnittene Nase und große, wie schwarzer Feuerstein glänzende dunkle Augen. Glattes halblanges Haar, das ihr bis auf die Schulter reichte, einen kurzen Pony, sie roch etwas nach einem teuren Parfum und etwas nach Kerosin. Mit einem Zippo-Feuerzeug zündete sie sich eine Gitane an.

«Es stört Sie doch nicht, wenn ich rauche?» fragte sie im nachhinein.

«Nein», sagte Lajos. «Ich bin zwar homosexuell, aber nicht weibisch.»

Er sah sie von der Seite an. Er schien eine Reaktion oder irgend etwas zu erwarten.

«Wenn Sie mir keine Fragen stellen», sagte er, «wie wollen Sie sich dann ein Urteil über mich bilden? Ich bin sicher, daß Sam mich zum Flughafen geschickt hat, damit Sie sich ein Urteil über mich bilden.»

«Samuel Farakhan haßt es, Auto zu fahren. Und noch mehr haßt er, als Beifahrer in einem Auto zu sitzen. Er findet es schrecklich, daß man in Frankreich auf der rechten Straßenseite fährt. Deshalb hat er Sie geschickt. Außerdem sind Sie ein niedlicher Kerl, fahren ausgesprochen korrekt und ängstigen sich maßlos wegen Nichtigkeiten. Und ich bin völlig kaputt, weil ich bis sieben Uhr morgens bei Arschlöchern Silvester gefeiert hab. Und ich bin völlig kaputt, weil ich ein hartes Jahr hinter mir habe. Also lassen Sie mich in Frieden.»

«Oh, là, là», meinte Lajos niedergeschmettert, er schien nahe daran, Entschuldigungen oder so etwas vorzubringen, schwieg dann aber doch lieber eine Weile.

Der Land Rover kam nach Envermeu, fuhr durch den Marktflecken, dann weiter auf der N 320, einer zweispurigen Chaussee auf einem Abhang. Sie war naß und führte durch feuchte, in der Dunkelheit vergilbte Wiesen und lehmige Stoppelfelder mit kahlen Baumgruppen.

«Sie haben in diesem Jahr für mich recherchiert», sagte Lajos schüchtern und höflich. «Herzlichen Dank.»

«Ach, recherchiert?» fragte Ivy. «Nicht der Rede wert. Ich bin Reporterin, ich hab da so meine Quellen. Als Samuel mir geschrieben hat … na ja, als ich seinen Brief zwei Monate später in Paris bekommen hab, da hab ich bei Kollegen nachgefragt, wir haben dann in Zeitungsarchiven nachgesehen. Deine beiden Jugendfreunde, hm?» (Unbewußt duzte sie Lajos plötzlich, weil sie zerstreut und müde war und an ihre Journalistenkollegen dachte.) «Komische Freunde», sagte sie. «Na, nicht der Rede wert. Ich weiß nicht mal mehr ihre Namen.»

«Balázs, wie der Sinologe, und Branko. Zoltán Balázs und Rustem Branko. Das waren eigentlich nicht meine Freunde. Sie waren fünf oder sechs Jahre älter als ich. In dem Alter macht das was aus. Ich nehme an, daß sie mir geholfen haben zu überleben.»

«The hard way.»

«Auf die harte Tour, ja. Ich weiß nicht, ob ich sie, als ich auch in den Westen gegangen bin, wiederfinden wollte, um ihnen guten Tag zu sagen oder um ihnen in die Fresse zu hauen.» (Lajos sprach jetzt langsam, fuhr aber schnell.) «Das waren Dreckskerle. Sie haben immer damit geprahlt, schon mit dreizehn oder vierzehn als Spitzel für die Deutschen und für die Horthy-Polizei gearbeitet zu haben und dann zu den Kommunisten übergelaufen zu sein. 1948 sind sie zur AVO* gegangen. Sie hätten da Karriere machen können. Sie haben 3 000 Forint im Monat verdient und hatten noch andere Vorteile. Ich glaube, sie haben Ungarn verlassen, weil sie fürchteten, daß ihre Vergangenheit herauskommt, aber vielleicht haben sie auch das Abenteuer gesucht.»

«Das haben sie ja nun gehabt.»

«Wirklich intelligent waren sie nicht», sagte Lajos. «Nur eben gerissen und mißtrauisch. Aber raffgierig.»

«Na schön», sagte Ivy und blies den Zigarettenrauch aus, «sie hatten eine Zeitlang Cadillacs und Frauen. Und dann sind sie halt gestorben.»

«Aber Branko auch, ist man sich da wirklich sicher? Sam hat mir Ihren Brief gezeigt: Sie schreiben, daß der Körper fast vollkommen verbrannt war.»

«Doch noch zu identifizieren. Einige Finger, immerhin was. Und die Zähne. Er hat sie sich behandeln lassen. In Miami, glaub ich. Jedenfalls ist man sicher.»

In der Dunkelheit kamen die Lichter von Londinières allmählich näher. Lajos schaltete herunter.

«Aber Sie haben geschrieben, daß einer davongekommen ist.»

«Lajos», meinte Ivy ein wenig müde. «Ich habe nur die Presseunterlagen eingesehen, mit Kollegen gesprochen und ein bißchen was nachgeprüft. Ich bin Fotoreporterin für Sonderberichte, keine Detektivin. In den Unterlagen steht, daß Alba Black, die Nichte des weltweit agierenden Waffenhändlers Aaron Black, verschwunden ist, und ein deutscher oder holländischer Matrose, dessen Namen ich vergessen hab, ebenfalls.

---

* Einige Abkürzungen und Begriffe werden am Ende des Buches erklärt.

Die anderen sind gestorben. Deine beiden Kerle und zwei Amerikaner an Ort und Stelle; ein dritter Amerikaner, mit italienischem Namen, beim Transport ins Krankenhaus.»

«Sie haben sich gegenseitig umgebracht, stimmt's?»

«Scheint so.»

«Wegen der Aufteilung der Beute», meinte Lajos im Oberlehrerton.

In dem dunklen Fahrerraum verzog sich der breite, feingeschnittene Mund der jungen Frau zu einem kalten Lächeln, das sofort wieder verschwand.

«Man kann kein Lösegeld teilen, das man noch gar nicht bekommen hat», sagte sie.

«Und man kann kein kleines Mädchen teilen», sagte Lajos, lächelte ziemlich fröhlich und fügte hinzu: «außer man gehört zu den Kannibalen.»

«Oder zu den Schweinehunden», sagte Ivy schroff.

3

Zur selben Zeit saß Samuel Farakhan in seinem großen Haus, einige hundert Meter von der Route Nationale 314 entfernt, die Londinières mit Neufchâtel-en-Bray verbindet. An seinem Schreibtisch im Arbeitszimmer der ersten Etage las und korrigierte er den Text eines Artikels, den er für ein Bulletin mit limitierter Verbreitung und dem Titel *Telos* verfaßt hatte. Der Artikel analysierte die Widerstandsbewegung in den Lagern Nummer 3, 4 und 5 von Norilsk an der Mündung des Jenissei, in denen im Frühjahr Streik und Aufruhr ausgebrochen waren. Nachdem Farakhan eine Belegstelle in *Grenzen der Sowjetmacht* von W. Starlinger (Würzburg 1955) nachgesehen hatte, schien er endlich zufrieden mit seinem Text, stand auf und legte die Blätter neben seine Underwood-Schreibmaschine in den grellen Lichtkegel der Schreibtischlampe. Er löschte das Licht und ging hinunter in den Salon. Gewaltige Holzscheite loderten im Kamin, obwohl das Haus eine Zentralheizung besaß: einen Ölkessel im Keller. Farakhan goß sich einen Scotch ein, verdünnte ihn mit Leitungswasser und setzte sich in einen um die Jahrhundertwende von Bernhard Pankok entworfenen Sessel, an einen niedrigen Tisch aus der

Schule von Josef Hoffmann aus der selben Zeit – das übrige Mobiliar war entsprechend, das heißt Jugendstil, vor allem österreichischer; die meisten Stücke waren zwar Kopien, aber ungefähr genauso alt wie die Originale. Farakhan trank einen Schluck seines sehr hellen Whiskys und blickte auf seine Jaeger-Uhr. Er schien zu warten. Er wartete auf Ivy und Lajos. Vielleicht dachte er an seine erste Begegnung mit Ivy zurück, sie war damals noch fast ein Kind, und die Männer hatten ihr den Spitznamen Ivory Pearl gegeben.

Eine Nacht im Dezember 1945, Ivory Pearl sitzt in einem Zimmer in Berlin Samuel Farakhan gegenüber.

Die Jugendliche, höchstens vierzehn oder fünfzehn Jahre alt, verschlingt Kuchenstücke, ohne etwas zu sagen. Manchmal greift sie zu ihrem Krug mit Bier, kippt einen großen Schluck hinunter, schnalzt mit der Zunge, seufzt vor Entzücken. Einmal rülpst sie diskret. Sie sitzt am Boden auf einer Militärdecke, die als Teppich dient. Sie trägt viel zu große Schnürstiefel, einen riesigen khakifarbenen Pullover als Kleid, ein Lederblouson der Royal Air Force als Mantel, ein schwarzes, über die Ohren gezogenes Barett, von dem die Rangabzeichen abgetrennt worden waren, als Mütze. Draußen ist es kalt, es friert, der Schnee und das Wasser gefrieren in den Straßen und auf den Ruinen von Berlin.

Im Zimmer ist es nicht ganz so kalt, weil das Fenster mit Ziegelsteinen zugemauert und der gesamte Boden mit Armeedecken ausgelegt ist, neben Ivory Pearl brennt ein Benzinkocher.

«Paß bloß mit dem Ding auf», warnt ihn mit Recht das sehr junge Mädchen. «Wir sind hier verdammt luftdicht abgeschlossen, und das frißt noch mehr Sauerstoff, als es stinkt. Wär doch saublöd zu ersticken, wenn man aus dem Zweiten Weltkrieg lebend herausgekommen ist, hm, Herr Oberleutnant?»

«Warum nennen Sie mich Oberleutnant?» fragt Samuel Farakhan, der in einem Ledermantel ohne Rang- oder Nationalitätszeichen auf der kaputten, schmutzigen Matratze sitzt, auf die er seine einfache Soldatenmütze geworfen hat.

«Du kannst mich duzen», gibt ihm Ivory Pearl zu verstehen. «Ich nenn dich Oberleutnant, weil du Oberleutnant bist, eh, du Spinner! *Flight Lieutenant*, Royal Air Force, und du heißt nicht Harry. Du bist Oberleutnant Samuel Farakhan. Ich bin Marie, werd aber Ivy genannt, wie ich gesagt hab.»

Sie spricht Französisch, aber ein ziemlich unsauberes. Eine Stunde zuvor hat Farakhan in einer *Off-limits-Bar* – in der es Alkohol gibt, Frauen, hübsche Jungs, Schwarzmarktware und einfache Soldaten, die sich unberechtigt dort aufhalten – ein Gespräch auf Englisch mit ihr angefangen. Doch beim Verlassen des Lokals hat sich Ivory Pearl auf dem Eis den Knöchel verstaucht und obszöne Flüche auf Französisch ausgestoßen. Also hat Farakhan die Unterredung auf Französisch fortgesetzt.

«Mach nicht so ein Gesicht», rät sie ihm und wischt sich dabei den mit Kuchencreme verschmierten Mund mit dem Rücken ihrer verdreckten Hand ab. «Jetzt beobachtest du mich seit mindestens zehn Tagen. Du meinst wohl, ich hätte das nicht bemerkt? Ich hab es aber bemerkt und aufgepaßt. Du hast gerade einen Krieg überstanden, Oberleutnant, ich aber auch. Man übersteht keinen Krieg, wenn man nicht aufpaßt. Ich hab dich bemerkt, bin dir gefolgt; du hast mich nicht mal angeguckt. Ich hab mich erkundigt. Du bist Pilot. Und noch dazu Luftaufklärung. Das Business kannst du nicht machen, wenn du nicht aufpaßt. Dann verstehst du ja meinen Standpunkt. He!» ruft sie, als Samuel Farakhan sich an der Kocherflamme eine Player's anzündet: «He, Oberleutnant! Und die junge Dame? Hat die kein Recht auf einen Glimmstengel?»

«Verzeihung», sagt Farakhan höflich und hält der Jugendlichen das offene Päckchen hin, sie greift sich drei Zigaretten auf einmal, läßt zwei in einer Innentasche ihres Blousons verschwinden, zündet die dritte an der Kocherflamme an, macht einen tiefen Lungenzug, richtet sich wieder auf und läßt dabei den Rauch langsam durch den weit geöffneten Mund und die Nasenlöcher hinausquellen.

Sie stößt einen lauten, zufriedenen Seufzer aus, nimmt einen zweiten Zug. Anders als erwartet, behält sie die Zigarette nicht im Mund: Wenn sie daran zieht und die Player's aus dem Mund nimmt, hält sie sie zwischen Daumen und Zeigefinger und schirmt das glimmende Ende mit der gekrümmten Hand ab, wie es ängstliche Gefangene tun, und vorsichtige Soldaten nachts.

«Danke sehr, Herr Oberleutnant», sagt sie nach dem zweiten Zug. «Aber dein Bier ist Pisse. Sei ein Gentleman, mach den Champagner auf.»

Es liegen tatsächlich zwei Flaschen französischer Brut-Champagner aus Ay in einer großen, offenen Metallkiste neben anderen Flaschen mit hervorragendem Wein und Schnaps, Stangen englischer und amerikanischer Zigaretten, Fleisch- und Geflügelkonserven, Kaugummi und noch anderen Dingen in neutralen Verpackungen. Auf den nicht beschrifteten Paketen liegt eine Colt-Pistole .45 ohne Magazin mit geöffnetem Verschluß.

«Champagner ist nichts für ungezogene Kinder.»

«Ich bin kein Kind mehr.»

«Der Champagner ist nicht für Sie, Mademoiselle.»

«Ah, ja», sagt Ivory Pearl, «er ist für einen hübschen Soldaten mit einem großen Schwanz. Holla!» ruft sie. «Da guckt er aber blöd aus der Wäsche, der Oberleutnant! Da scheißt er sich in die Hose! Gib es zu, Oberleutnant, *Sir*. Glaubst du, ich wär dir in dein Kämmerlein gefolgt, wenn ich nicht gewußt hätte, daß du ein Homo bist? Stell dir vor, ich bin ein echtes junges Mädchen, Oberleutnant Sam. Ich hab vielleicht eine Menge Dinger gedreht, von denen du dir keine Vorstellung machen kannst, aber meine Unschuld hab ich noch. Sozusagen mein Kapital in den unsicheren Zeiten.» (Sie grinst unanständig, leert in einem Zug ihr restliches Bier, schüttelt den umgedrehten Krug, um die letzten Tropfen herauszubekommen, hält den Krug ohne aufzustehen am ausgestreckten Arm, dabei bedeckt der große, schlottrige Ärmel des Blousons Dreiviertel ihrer Hand.) «Champagner!» fordert sie. «Oder ich geh zu deinen Chefs. Ich erzähl ihnen von der Bude hier. Ich sag ihnen, daß du kleine Soldaten aufreißen gehst.»

«Tun Sie das. Lassen Sie mich, wenn möglich, aus der Armee werfen, mir langt es da nämlich.»

«*Dishonourable discharge!* Du kriegst keinen Penny Pension.»

«Darauf pfeif ich», sagt Samuel Farakhan. «Ich bin reich. Übrigens, falls Sie Ihre grotesken Drohungen wahr machen, würde alles äußerst diskret geregelt werden. Sie kennen vermutlich die Sorge um das korrekte Ansehen des Offizierskorps ...»

«Ich kenne nur die Truppe», kontert die Halbwüchsige.

«Man würde einen Skandal vermeiden», fährt der

Oberleutnant im gleichen Tonfall fort. «Zudem gehöre ich zur Elite, zweimal wegen Tapferkeit ausgezeichnet.» (Er lächelt unfreundlich.) «Sie können sich eine Flasche Champagner nehmen. Sie können sich beide nehmen, jämmerliche kleine Schlampe. Aber trinken Sie sie bitte woanders. Mit Dummköpfen stoße ich nicht an.»

Ivory Pearl stellt ihren Krug ab, erhebt sich, bleibt auf der Stelle stehen, mit der abgeschirmten Zigarette in der rechten Hand.

«Ich will deinen Wein nicht. Und petzen werd ich auch nicht.»

«Egal. Gehen Sie.»

«Als Sie mich eingeladen haben, wollten Sie mir doch ein interessantes Geschäft vorschlagen.»

«Du bist zu dumm. Hau ab, Kleine.»

Die Jugendliche bleibt noch einen Augenblick stehen, dann nimmt sie sich eine Flasche Champagner und geht wortlos. Doch am übernächsten Tag erhält der *Flight-Lieutenant* Samuel Farakhan in seinem Büro als «Verbindungsoffizier» der Royal Air Force eine Nachricht von Ivory Pearl. Der Posten, der sie ihm bringt, sagt, ein Straßenkind habe sie abgegeben und sei gleich wieder verschwunden. Der Brief ist in krakeligen Großbuchstaben auf einem wunderbaren Bogen Pergament verfaßt (sicherlich das herausgerissene Vorsatzblatt aus einem alten Buch). Noch zehn Jahre später bewahrt Samuel Farakhan diese Nachricht auf, die er auswendig kennt und die wie folgt lautet:

LIEUTNANT SIR
HIERMIT MÖCHTE ICH IHNEN MEINE ERGEBENE AUFRICH-
TIGE ENTSCHULDIGUNG ÜBERMITTELN & MEINE GANZ
VORZÜGLICHE HOCHACHTUNG BEZÜGLICH UNSERES GE-

SPRÄCHS NEULICH ABEND IN DER NACHT MÖCHTE ICH SIE ERSUCHEN, WOHLWOLLEND EIN MINIMUM AN VERSTÄNDNIS AUFZUBRINGEN ZUM TEUFEL!!!

ICH WILL NICHT DIE ZEIT ZU WEIT ZURÜCKGEHEN ICH BIN SEIT 44 MIT DER ARMEE VON MONTGOMERY IN FRANKREICH DANN HABEN WIR DEN RHEIN 45 IN RICHTUNG BREMEN & HAMBURG ÜBERSCHRITTEN

VOR 44 WAR MEIN LEBEN SCHWIERIG WEIL ICH STENDIG IN BEWEGUNG WAR UM MICH AUS ZAHLREICHEN UNHALTBAREN STELLUNGEN ZURÜCKZUZIEHEN & ICH STIESS VIER JAHRE LANG IM ALTER VON 10 BIS 13½ JAHREN AUF EINE STARKE GEGENWEHR

ABER DANACH HAB ICH JA EINEN INFANTRY ZUG GETROFFEN UND STAND UNTER IHREM SCHUTZ SOMMER HERBST WINTER BIS JETZT ACHTUNG ICH BIN ABER KEINE HURE!!!

ICH ERWEISE DIESEN SOLDATEN IHRER BRITTISCHEN KÖNIGLICHEN HOHEIT DIE EHRE WEIL SIE IMMER IM ÄUSSERSTEN ANSTÄNDIG WAREN & DA IHR SCHUTZ VON MIR GEGEN DIE REGELUNGEN IST WERDE ICH NIEMALS IHRE NAMEN SAGEN SELBST UNTER FOLTER WEDER DIE EINHEIT & PERSONENKENNZIFFER GAR NICHTS!!!

HABEN SIE DEN FILM VON RUDYARD KIPLING WEE WILLIE WINKIE GESEHEN? DIE KAMERADSCHAFT ZWISCHEN DIESEN TAPFEREN & MIR IST WIE VICTOR MACLAGLEN & SHIRLEY TEMPLE ABER LEBENSNÄHER & ICH BIN NICHT SO DUMM WIE SIE & ICH HABE KEINE SCHEISSE IM KOPF WEIL ICH 4 JAHRE ALLEIN AUSGEHALTEN HAB UND DANN 1½ MIT 40 MÄNNERN SELBST WENN ES NACH SCHWEREN VERLUSTEN NUR 25 ODER 30 WAREN & SIE WAREN KEINE JUNGS DIE AUF MÄNNER STEHEN DASS SAGE ICH NICHT WEGEN IHNEN

BETREFF HIERMIT ERKLÄRE ICH IHNEN MEINE DUMME HALTUNG NEULICH NACHT DENN MIT 25 MÄNNERN LEBEN

& UNBERÜHRT BLEIBEN BEDEUTET STRATEGIE WERDEN
SIE ZUGEBEN & MAN MUSS ÜBER DIE FEINDBEWEGUNG
INFORMIERT SEIN SONST STÖSST MAN ALS GEFALLENES
MÄDCHEN VOR & MAN LÄSST SICH REINLEGEN & DESHALB
MUSS ICH DIE KERLE ENTSPRECHEND MEINER AUFSTEL-
LUNG IN DER HAND HABEN

SIE SIND DER 1. OFFIZIER DEN ICH TRAF & ICH HAB AUF-
GEPASST WIE BEI EINEM MANN & ICH ERSUCHE SIE MEINE
VERTEIDIGUNGEN WOHLWOLLEND ANZUNEHMEN

ICH GLAUBE MIT GEMEINSAMEN GESCHÄFTEN IST NICHTS
MEHR ZU MACHEN DOCH ANDERNFALLS HÄTTEN SIE IN
MIR EINE JUNGE DAME GEHABT DIE BERLIN GUT KENNT
UND DIE ÜBER UMFANGREICHES SACHWISSEN VERFÜGT
BEZÜGLICH VERSORGUNG & TAKTIK & PHOTOGRAPHIE
MIT VORZÜGLICHER HOCHACHTUNG LIEUTNANT SIR

I. P.

Am Neujahrstag 1946 schloß Samuel Farakhan einen
Pakt mit Ivory Pearl, die er etwa zehn Tage zuvor in der-
selben *Off-limits-Kneipe* wiedergetroffen hatte, wo sie
ihm das erste Mal begegnet war.

Die am 1. Januar eingegangene Verbindung blieb
zehn Jahre lang bestehen.

4

Am 1. Januar 1956 fuhren Ivy und Lajos Obersoxszki gegen 18.30 Uhr im Land Rover durch Londinière und auf der Route Nationale 314 weiter bis zur Einfahrt des Anwesens, in dem Samuel Farakhan sie erwartete. Lajos steuerte den Wagen über die geteerte Allee hinauf zum Haus, ein um die Jahrhundertwende von einem Fabrikanten, der synthetischen Kakao herstellte, errichtetes und mit Erkertürmchen, Glockentürmchen, kleinen Säulen, Gesimsen, Hochreliefs, Mosaiken und bunten Dachfenstern überfrachtetes Gebäude. Die einfachen Menschen der Umgebung nannten es das Schloß. Nachdem er Ivy (die ihn nicht darum gebeten hatte) geholfen hatte, ihre Reisetasche herunterzuheben, fuhr Lajos den Land Rover in die Garage neben Farakhans schwarzen Aronde und den schlammbespritzten kaputten 2 CV-Lieferwagen, der gewöhnlich für kurze Strecken und Wege durch die Weiden genommen wurde.

Farakhan stand oben auf der Freitreppe und begrüßte Ivy. Ein Mittvierziger in einem beigefarbenen Kordsamtanzug mit Lederbesätzen an den Ärmeln, braunen Mokassins, einem schwarzen Seidenhemd mit großem, offenem Kragen. Seine hohe und breite Stirn wirkte sehr groß, weil seine blonden Haare allmählich ausfielen. Er hatte blaue Augen, eine große Hakennase, einen feinen blonden Schnurrbart und ein Doppelkinn. Ivy umarmte ihn.

«Du wirst frieren. Laß uns reingehen», sagte sie.

In dem Jugendstilsalon setzte sich Ivy auf das Sezessions-Sofa, warf ihren Wolfspelz neben sich und beugte sich über ihre Reisetasche, während Farakhan Getränke in konische Gläser goß: noch einen Scotch für sich, Coca-Cola für Lajos und einen Wodka für Ivy. Sie trank ihr Glas mit einem Zug aus, schnaufte, streckte den Arm vor, um nachgeschenkt zu bekommen, er goß ein.

«Achtung», sagte er. «Das ist 50%iger Stolowaja.»

Lajos kam herein, küßte Farakhan flüchtig auf den Mundwinkel und wollte Ivys Tasche nehmen.

«Ich werde sie in Ihr Zimmer hinaufbringen», erklärte er.

«Augenblick mal», sagte Ivy.

Sie wühlte in ihrer Tasche, holte einen in einen sauberen Lappen gehüllten Gegenstand heraus und legte ihn auf den niedrigen Tisch.

«Frohes neues Jahr!» wünschte sie Farakhan.

Er wickelte sein Geschenk aus. Eine ausgesprochen schlecht verarbeitete Pistole, die fast so aussah wie eine Colt-Pistole .45, Holzgriffschalen mit Fischhaut und ein Schriftzeichen auf dem Rahmen.

«Für deine Sammlung», sagte Ivy.

«Wunderbar», sagte Farakhan, der sich aufrichtig zu freuen schien. «Aber was ist das denn für eine? So was hab ich noch nie gesehen. Aus Vietnam?»

«Chinesisch aus Birma.»

«Ach so», sagte Farakhan. «Die Schattenarmee des General Li Mi. Warst du da unten?»

«Ich hab in diesem Sommer einen Monat im Goldenen Dreieck verbracht. Die Leute von der Kuomintang sind selbstverständlich noch da. Einige sind vielleicht auf Taiwan repatriiert worden, aber die meisten wollen nicht weg. Sie haben sich unter die Widerstandstruppen der Shan gemischt und finden das gut so. Der CIA findet das übrigens auch sehr gut. Eine gutes Nachschubgebiet für Operationen in Yunnan. Und sie bauen Opium an wie die Verrückten. Das findet der CIA auch sehr gut. Gute Kapitalbeschaffung. Da können sie ihre Aktionen vorbereiten, ohne um Erlaubnis zu fragen. Nicht mal Allen Dulles.» (Ivy trank die Hälfte ihres zweiten Wodkas und holte ihre Gitanes heraus.) «Sehr hübsch», sagte sie. «Du mußt bloß gut aufpassen, wenn du mit der Pistole schießt. Sie sieht zwar aus wie eine .45er, ist aber für 9 mm Para eingerichtet. Zudem ist alles Handarbeit. Sie funktioniert, ich hab damit geschossen. Aber nach zweihundert oder fünfhundert Schuß mußt du damit rechnen, daß sie dir um die Ohren fliegt. Also paß auf.»

«Oh», sagte Farakhan, «meine Sammlung ist zum Bewundern, nicht zum Benutzen. Jedenfalls freue ich mich wirklich. Herzlichen Dank.»

«Ach», meinte Ivy. «Ich lieb dich halt.»

Inzwischen hatte Lajos die geschlossene Reisetasche genommen und in die erste Etage in das für Ivy vorbereitete Zimmer gebracht. Jedes Jahr wurde am 1. Januar ein Zimmer für Ivy vorbereitet. Nun überreichte Samuel Farakhan der jungen Frau ein Geschenk. *Die Göttliche Komödie* in der französischen Übersetzung von Alexandre Masseron, weil Ivy nur wenig Italienisch konnte. Farakhan überreichte der jungen Frau jedes Jahr am 1. Januar ein Buch mit der stillschweigenden Verpflichtung für sie, es im Laufe des Jahres zu lesen, obwohl sie sich gegen große literarische Werke sträubte, sie bevorzugte Kriminalromane, Illustrierte und *comic books*. Farakhan hatte ihr am 1. Januar 1946, als sie sich einig geworden waren, gesagt, daß er sich um ihre Ausbildung kümmern würde. Damit war jedoch eine Ausbildung in einer privaten Lehranstalt gemeint. Farakhan hatte gesagt: «Sie haben nicht ganz zu Unrecht damit gedroht, mir zu schaden, wenn Sie meine Homosexualität öffentlich machen. Mein Vorschlag lautet, daß Sie mir als Tarnung dienen. Ich schicke Sie auf eine Schweizer Schule, die ich kenne. Sie verbringen dort einige Jahre. Ich gehe bald nach England zurück und verlasse die Streitkräfte. Sie kommen mich in den Ferien besuchen. Daß ich der Beschützer eines jungen fünfzehnjährigen Mädchens bin, wird in meinen Kreisen so manchen befremden. Aber schließlich wird diese Laune eher hingenommen als widernatürliche Neigungen. Man wird sich dann einiges an meinem ungewöhnlichen Verhalten erklären können, besonders, daß ich mich nicht zu jungen Frauen meines Alters hingezogen fühle.»

«Eine Schule in der Schweiz», hatte Ivory Pearl gesagt, «das ist dasselbe wie ein Waisenhaus.»

In den nächsten Tagen, in denen sie sich unterhalten hatten, hatte Farakhan erfahren, daß die Jugendliche, als die Deutschen in Frankreich einmarschierten, in einem widerwärtigen Waisenhaus gewesen war. Sie hatte die Gunst der Stunde genutzt und war in dem Durcheinander zusammen mit anderen Kindern geflohen. Sie streunten herum, bis das sehr junge Mädchen, das die Nonnen Marie Lenoir genannt hatten, von britischen Infanteristen aufgelesen wurde, die sie während der Offensive 1944 mitnahmen und Ivory nannten, denn Ivory Pearl reimt sich auf «*girl*», und im Argot nennt man ein «Mädchen»: «Elfenbeinperle». Ziemlich schnell wurde aus Ivory dann nur noch Ivy. Farakhan fand es verrückt, daß eine Kampfeinheit ein kleines Mädchen mitgeschleppt hatte, aber es war Krieg, und es gab noch schlimmere Extravaganzen.

Übrigens hatte sich die Kleine schließlich von ihren englischen Infanteriefreunden trennen müssen, war nach Berlin gekommen, wo sie von Diebstählen und kleinen Geschäften lebt und davon, daß sie begeisterten Soldaten Erinnerungsfotos verkauft, die sie selbst von ihnen macht, und sie findet Mittel und Wege, das Material entwickeln und abziehen zu lassen. Pearl hat auch Negative von Aufnahmen, die sie 1945 während des Vormarschs der Alliierten mit einer Leica machen konnte, die sie einem toten Offizier in einem von 20 mm-Einschlaglöchern durchsiebten Mercedes abgenommen hatte, der zur Zielscheibe eines Mosquito-Jägers geworden war. Sie will Fotografin werden. Träumt von einer Begegnung mit Robert Capa. Sie hat eine grauenhafte Vorliebe für Leichenbilder.

Farakhan sagt Ivy, daß man ihr auf der Schweizer Schule alles über das Fotografieren beibringen werde. Außerdem werde sie die zu einem jungen Mädchen passende Allgemeinbildung in Literatur, Kunst und Naturwissenschaften, Fremdsprachen, Sport, Reiten, Tennis und, wenn sie es wünsche, Golf und anderen «Wahlfächern» vermittelt bekommen.

Farakhan sagt: «In drei oder vier Jahren machen Sie das Abitur, das ist ganz leicht. Dann sind Sie achtzehn Jahre alt und ein perfektes junges Mädchen, das über Malerei oder Musik plaudern und ebenso gut einem Haushalt vorstehen kann. Ich nehme Sie zu mir. Ich verfüge über ein gewisses Vermögen und verschiedene Anwesen. Sie sind dann die Verwalterin und zugleich die Zierde meines Hauses. Und, wie schon gesagt, man hält sie für das Objekt meiner Begierde. Was meinen Sie?»

Ivy denkt darüber nach und sagt dann, es sei schwierig zu antworten, das von Farakhan entworfene Bild sei ja fast idyllisch, doch sie habe Angst vor nicht bedachten Nachteilen. Sie sagt: «Es wird ganz anders sein als im Waisenhaus; aber es wird trotzdem dasselbe sein wie im Waisenhaus.»

«Ich mache Sie mit Robert Capa bekannt», beteuert Farakhan.

Die Jugendliche reißt ihre dunklen Augen weit auf. Im Verlauf der nächsten Tage überredet sie der *Flight Lieutenant* dazu, daß er sich etwas um sie und ihr Aussehen kümmern darf, jetzt trägt sie ihr Haar ganz kurz, eine Hose und einen Pullover in ihrer Größe, aber immer noch ein viel zu großes Blouson als Dreiviertelmantel.

Farakhan sagt: «Ja, ich kann ein Treffen mit Robert Capa arrangieren. Das ist ganz einfach. Die Gesellschaft ist in Klassen unterteilt. Stars haben eine Schwäche für Leute von Welt. Arme treffen nie Stars, deshalb vergöttern sie sie. Ein Mann von Welt wie ich kann Stars treffen. Es genügt, Leute zu kennen, die andere Leute kennen, die ... usw. Das ist ganz einfach, wirklich. Und wenn Sie auf diese Schweizer Schule gehen, wechseln Sie die soziale Klasse. Sie können sich nicht vorstellen, was das bedeutet, und Sie können sich auch nicht in Kenntnis der Sachlage entscheiden.» (Er zündet sich mit einem mit Gold und Chinalack überzogenen Feuerzeug eine Player's an.) «Aber Sie müssen sich trotzdem entscheiden. Das Leben besteht aus Möglichkeiten, die sich nie wieder bieten. Und in den seltensten Fällen weiß man all das, was man wissen müßte, um eine Gelegenheit richtig einschätzen zu können. Aber was haben Sie zu verlieren? Ihre Freiheit? Momentan doch nur die Freiheit, in einer Ruinenstadt zu verhungern oder sowieso irgendwann aufgelesen und nach Frankreich in ein Waisenhaus zurückgeschickt zu werden.»

«Ich hab Angst, daß Ihre komische Schule mich verändert.»

«Das hängt ganz von Ihren Fähigkeiten ab», sagt Farakhan. «Aber Ihr Charakter ist bereits ausgeprägt, da bin ich mir ziemlich sicher.»

«Gut», sagt Ivy kurz darauf. «Gut. Ich gehe.»

Man wechselt noch einige Worte und verspricht sich feierlich, sich jedes Jahr am 1. Januar zum Gedenken an den soeben geschlossenen Pakt wiederzusehen.

Danach war Ivy Ende Januar mitten im zweiten Trimester in diese Schweizer Schule eingetreten, das zwischen Fribourg und Montreux gelegene *Collège de jeunes filles Général-Dufour*. Zeit verging. Die Jugendliche lernte Umgangsformen, Fremdsprachen, Naturwissenschaften, Kunst, Literatur und bekam sogar Einzelunterricht im Fotografieren. Sie schwamm, machte Hoch- und Weitsprung, bei schönem Wetter Klettertouren und Ausritte im Gebirge; Tennis und Golf mochte sie überhaupt nicht, in Sprachen war sie gut, in den übrigen Fächern schlecht. Alles war in etwa so, wie Samuel Farakhan gesagt hatte.

Die Sommer verbrachte sie bei dem ehemaligen Offizier, die beiden ersten Male auf seinem Anwesen in Kent, später in seinem Herrenhaus in der Normandie, wohin er umgezogen war.

In den Winterferien besuchte sie ihn ebenfalls. Am Neujahrstag bekam Samuel Farakhan jedes Mal von ihr eine Waffe geschenkt, da er Waffen sammelte. Sie brachte ihm unter anderem zwei Schweizer Selbstladepistolen mit, eine Luger 1906/29 und eine Sig Modell 49. Farakhan hatte immer wieder ängstlich nachgefragt, wie sie sich die Waffen beschafft hatte und geseufzt, als sie ihm sagte, sie habe sie aus einem Depot gestohlen. Er bittet sie inständig, es nie wieder zu tun.

Ivy sagt: «Ihre komische Schule entwickelt vielleicht meine Fähigkeiten weiter, aber mein Charakter, und damit müssen Sie sich abfinden, der ist schon ausgeprägt. Und das ist auch gut so. Ich glaube, Sie würden nicht wollen, daß ich wie diese Truppe von dummen Puten werde, mit denen ich zusammen bin.»

Farakhan schenkt ihr eine einbändige Shakespeare-Gesamtausgabe mit sehr dünnem, sehr reißfestem Papier. Er bittet sie, sie während des Jahres zu lesen. Er sagt: «Da ist alles drin, die Taten und die Sorgen der Menschen, die Fügungen des Schicksals und die Revolutionen der Welt.»

Kurz danach reißt Ivy aus der Schweizer Schule aus. Es ist Frühjahr 1950, sie ist knapp 18 Jahre alt und wird von der britischen Polizei in Malaysia festgenommen. Sie hat sich dahin durchgeschlagen, um die Kolonnen zu begleiten, die gegen die kommunistische Guerilla vorgehen, doch dann schließt sie sich dieser Guerilla an. Die Widerstandskämpfer haben ihr die Leica und die Rolleiflex weggenommen, aber die Rollen mit den belichteten Filmen haben sie nicht interessiert, und die Filme sind auch den wachsamen Augen der englischen Polizei entgangen. Als man sie nach Frankreich zurückbringt, wo Samuel Farakhan ernsthaft mit ihr schimpft, verkauft das junge Mädchen die Bilder an *Match* und *Life*. Danach macht sie den ersten Teil ihres Abiturs.

«Sie haben recht, es ist ganz einfach», sagte sie danach zu Farakhan. Ivy ist nie an die Schweizer Schule zurückgekehrt, hat nie den zweiten Teil ihrer Abiturprüfungen abgelegt; und Farakhan hat nie sein Versprechen eingelöst, ein Treffen mit dem großen Fotografen Robert Capa zu arrangieren, aber Ivy hat ihn dennoch getroffen, wenige Jahre später, als Kollegen, in der Bar des Ritz in Paris, kurz bevor er bei Diên Biên Phu getötet wurde.

5

«Nein, glaub ich nicht», antwortete Ivy auf eine Frage
von Samuel Farakhan, an jenem 1. Januar 1956 beim
Abendessen. «Nein», wiederholte sie. «Militärisch kann
der FLN nicht siegen. Das ist nicht Indochina. Es gibt
keinen Dschungel. Die Fellaghas können das Gebirge
halten, sie können nach Belieben in der Kasbah von
Algier herumspazieren. Aber das ganze Land besetzen
können sie nicht.»

«Hast du welche getroffen?» fragte Farakhan.

«Fellaghas? Nicht da unten. Ein bißchen zu gefährlich, sogar für mich. Es gibt zu viele, die keiner regulä-
ren Truppe angehören, die dir erst die Kehle durchschneiden und danach diskutieren. Manch kleiner Fran-
zose ist übrigens auch nicht viel besser. Aber gut, ich
hab Anführer von ihnen in Marokko getroffen; und dann
hier Leute vom französischen Verband des FLN. Nicht,
um Fotos zu machen, wohlgemerkt. Aber das hilft, um
richtig durchzublicken. Wenn du gute Fotos schießen
willst, mußt du richtig durchblicken. Ich bin nicht der

Meinung, daß man erst die guten Bilder haben muß und dann darüber nachdenken sollte. Das funktioniert andersherum.»

«Und der MNA?» fragte Farakhan. «Hat der noch eine Chance?» (Er meinte die von Messali Hadj geführte Algerische Nationalbewegung, die von den Aktivisten des CRUA – dem Revolutionären Komitee für Einheit und Aktion – und dann vom FLN vereinnahmt worden war.)

Ivy zuckte mit den Schultern und verzog das Gesicht, sie hatte gerade Lammkeule im Mund. Lajos hatte ein englisches Gericht kochen wollen, da Farakhan Engländer war. Zuerst hatte es Tomatensuppe mit gerösteten Schinkenstreifen gegeben, dazu dreieckig geschnittene Scheiben Toast. Danach Lammkeule mit Pfefferminzsauce, eine zu Unrecht von den Franzosen verabscheute Geschmacksnote.

Ivy schien müde zu sein, wurde jedoch von Farakhan ausgefragt, weil sie nach ihrer Tour im Goldenen Dreieck einen Monat in Algerien gewesen war, sie schluckte ihren Bissen hinunter und erklärte in groben Zügen, daß die Anhänger Messalis ausgespielt hätten, zumindest vorläufig. Wenn man dem MNA (der damals MTLD hieß) bereits eher Zugeständnisse gemacht hätte, wäre das vielleicht etwas anderes gewesen. Jetzt sähen die Algerier, vielleicht zu Unrecht, aber verständlicherweise, in dieser Organisation eine zu gemäßigte, ja sogar verräterische Bewegung.

Sie sprachen auch noch kurz über die von der FLN-Guerilla rüde nach Norden abgedrängten Messali-Partisanen, die Bellounis anführte, von dem man zu wissen glaubte, daß er in immer engerem Kontakt zu französischen Agenten ziviler und militärischer Geheimdien-

ste stand. Und sie redeten sogar über die Parlaments-
wahlen. Ein Gespräch bei Tisch. Nach der Lammkeule
konnte man zwischen Chester, grünmarmoriertem Ched-
dar in einer Schüssel und Camembert (man war ja immerhin in der Normandie) wählen. Zum Schluß wurde
Zitronenmeringue serviert. Lajos als bekennender An-
glomane trank während des gesamten Essens Tee, Ivy
und Farakhan hingegen teilten sich eine Magnumflasche
Blanc-de-Noirs-Champagner, den der ehemalige *Flight
Lieutenant* von einem Winzer in Bouzy bezog. Ivy trank
mehr als die Hälfte und holte sich dann, weil sie meinte,
daß Champagner nicht zum Dessert paßte, noch einen
Wodka zu der Zitronenmeringue. Sie schien die große
Menge Wein und Schnaps gut zu vertragen. Sie sah nur
ziemlich müde aus. Vor dem Essen war sie hochgegan-
gen, um sich frischzumachen und in feinen schwarzen
Halbstiefeln, einem weiten, schwarzen Rock aus Wollstoff und einem grobgestrickten, ecrufarbenen Rippen-
pullover wieder heruntergekommen. Während des Essens hatte sie den Pullover ausgezogen und sich in einer
beigefarbenen Seidenbluse präsentiert. Schmuck trug sie
keinen.

«Willst du eine Runde schießen? Soll ich dir ein
bißchen Musik auflegen?» fragte Farakhan, als Lajos
den Tisch abgeräumt hatte und man ihn ziemlich weit
weg in der Küche Geschirr spülen hörte.

«Schießen», sagte Ivy, stand auf und zerdrückte ihre
Gitane in einem Lalique-Aschenbecher.

Im Schießstand im Keller feuerte sie sieben 9mm-
Kugeln aus einer Beretta 1934 auf eine Scheibe in Form
eines Menschen ohne Beine. Der Lärm war ohrenbetäu-
bend, doch Farakhan und die junge Frau trugen «Schutz-
kapseln», die aussahen wie große Kopfhörer. Bevor sie

hinuntergegangen waren, hatte Ivy wieder ihren Pullover übergezogen, weil sie wußte, daß der Keller normalerweise nicht geheizt war. Wie immer hatte sie auf den Bauch ihrer Scheibenfigur gezielt und schnell geschossen. Farakhan betrachtete die Einschußstellen. Fünf Löcher im Unterleib, eins im Brustbein, eins unterhalb der Brust. Er nahm seinen Gehörschutz ab.

«Du bist müde», sagte er, als er zu Ivy zurückkam, die das leere Magazin aus der Beretta entfernt hatte und die Waffe wieder an ihren Platz hängte.

Sie antwortete nicht. Man lief durch die Kellergänge zurück, stieg nach oben und setzte sich in den Salon. Ivy goß sich einen 50%igen Wodka ein.

«Du trinkst viel», sagte Farakhan. «Du rauchst viel», meinte er noch, als sich Ivy eine Gitane anzündete. «Ich will hier nicht die Glucke spielen, aber mir scheint, du übertreibst.»

«Ich hör mit allem auf.»

Farakhan deutete diese leicht ungeduldige Bewegung an, die man angesichts einer übertriebenen Antwort macht. Ivy senkte den Blick und wiegte ihren Wodka im Glas hin und her. Sie hatte lange schwarze, glänzende Wimpern. Sie war blaß, hatte nur einen rosa Hauch auf den Wangen. Ihre Fingernägel waren kurz geschnitten und nicht lackiert. Sie blickte wieder hoch.

«Nein, im Ernst, ich hör mit allem auf.»

Lajos kam herein, lächelte, zögerte, da er fürchtete zu stören, sie protestierten, sagten ihm, er solle sich setzen, und er setzte sich.

«Ach», sagte Ivy. «Ich hab doch was für Sie.»

Im Nu war sie nach oben gegangen und mit zwei Schallplatten wieder zurückgekommen. *A Night at Birdland with the Art Blakey Quintet*, Vol. 1 und 2, Blue-

Note-LPs, aufgenommen am 21. Februar 1954 im Birdland in der 52. Straße in New York.

«Auch Ihnen alles Gute zum neuen Jahr», sagte Ivy zu Lajos. «Ich hab's nicht eingepackt.»

Lajos betrachtete hocherfreut die beiden Platten, rief sogar etwas auf ungarisch, sah mit begeistertem Gesicht hoch.

«Woher wußten Sie...?»

«Ein Brief von Sam ist zu mir durchgekommen. Er schrieb, daß Sie Klavier spielen, Jazz, daß Sie Bebop mögen, Bud Powell, Thelonious Monk. Hört man das in Ungarn?»

«The Voice of Amerika» meinte Lajos nur als Erklärung; er schaute wieder auf die Langspielplatten: «Diese Leute kenne ich nicht, aber ich bin sicher... Ich bin sehr gerührt, daß Sie an mich gedacht haben.» (Er drehte sich zu Farakhan um.) «Können wir sie anhören?»

«Ah!» sagte Farakhan. «Hier? Jetzt? Auf gar keinen Fall!»

Er schien zutiefst beleidigt zu sein. Lajos und Ivy ließen ihn. Sie setzten sich wieder und sahen sich kurz mit komplizenhaftem Bedauern an. Samuel Farakhan hatte eine unterschwellige Abneigung gegen Jazzmusik und gegen Kino. Wenn er darüber sprach, verglich er beides mit der Flut mittelmäßiger Plastikware, die Mode und Industrie über die amerikanischen Massen ausschütteten und die sich allmählich auch in Westeuropa auszubreiten begann. Lajos' Vorliebe für Coca-Cola, Western und Charlie Parker schmerzte ihn, genauso wie Ivys Versessenheit auf dieselbe Musik, dasselbe Kino und die amerikanischen *hard-boiled*-Romane. Farakhan war der Meinung, daß die Amerikanisierung der Welt einen Rückfall in Dummheit und Barbarei bedeutete, der beinahe so gefährlich war wie das totalitäre System der Nazis und Stalins. Verwundert und ein wenig schockiert hörte er Lajos und Ivy bei ihrer angeregten Unterhaltung zu. Ivy gab Erklärungen zu den beiden geschenkten Platten ab, beschrieb die Einflüsse des Pianisten Horace Silver, erwähnte, daß der Altsaxophonist Lou Donaldson wegen seines Asthmas immer bei seinem New Yorker Arzt bleiben wollte und deshalb in Europa unbekannt war, und sprach schließlich vom «Genie» des 25jährigen Trompeters Clifford Brown. (Farakhan verzog wütend das Gesicht.)

«Der ist bald ganz oben», befand sie.

Das war am 1. Januar 1956, gegen 22.15 Uhr oder etwas später, Ivy konnte nicht wissen, daß Clifford Brown am 27. Juni bei einem Autounfall zusammen mit seinem Pianisten Richie Powell, dem Bruder von Bud, umkommen sollte. «Brownie fuhr immer viel zu schnell, es ist furchtbar», wird Richie Powells Witwe sagen.

Um 22.30 Uhr zog sich Lajos diskret zurück und ging nach oben. Die Platten nahm er mit, weil er in der ersten Etage einen Phonokoffer hatte, der allerdings nicht so gut war wie die Hi-Fi-Anlage im Salon, auf der Farakhan manchmal klassische und romantische Musik oder sogar Werke von Schönberg und dessen Schülern abspielte. Es sah jedoch ganz danach aus, daß sich der feinfühlige Lajos vor allem deshalb verzog, damit Ivy und Farakhan unter sich waren.

«Scheint ein guter Kerl zu sein, der Kleine», sagte Ivy.

«Ich glaube, er ist einer.»

«Vögelt er gut?»

«Ivy, du bist ein kleines Biest», sagte Farakhan gelassen. «Du weißt doch ganz genau, daß ich nicht diese Sorte Homo bin. Bei mir ist auch Zuneigung im Spiel.» (Er lächelte die junge Frau scheu an.) «Und bei dir? Ist was gelaufen in diesem Jahr?»

«Nichts. Überhaupt nichts. Dreihundertfünfundsechzig Tage ohne eine Nummer. Bei mir muß eine Schraube locker sein. Die Kerle kotzen mich an. Die Weiber auch. Ich bin kaputt. Mir geht's nicht gut, Sam. Mir geht's überhaupt nicht gut.» (Samuel Farakhan saß reglos da und betrachtete sie aufmerksam und ruhig. Sie erhob sich vom Sessel, der Kopie eines Entwurfs von Henry van de Velde.) «Ich nehm noch einen Wodka», sagte sie.

«Du bist gleich blau.»

«Seit gestern abend bin ich ununterbrochen betrunken. Silvesterempfang in Eden Roc bei einem Herzog. Er liebt die Stars. Und die Starletts besonders, das Schwein. Aber auf seinen Abendgesellschaften hat er gern richtige Stars und Prominente.» (Sie setzte sich wieder und stellte ihr sehr volles Glas auf den Tisch.) «Verdammter Mist! Die berühmte Ivory Pearl! Die Fotografin, die in die beschissensten Ecken fährt, wo sich kein Kerl hintraut. Die weibliche Robert Capa. Ich schaff das nicht, Sam. Die Reportagen sind eigentlich nicht so aufreibend. Obwohl, ist ja einiges zusammengekommen bei mir seit 1950! Dreimal Indochina. Kenia mitten im Mau-Mau-Aufstand. Tibet. Die Philippinen. Der Aufstand in Ost-Berlin 53. Was noch?»

«Bemüh dich nicht! Ich weiß es.»

«Nein, ich tu's für mich! Ich verlier am Ende noch die Übersicht!» rief Ivy. «Das ganze Zeugs ist eigentlich nicht so schlimm. Am schlimmsten ist, daß ich mich nicht ausruhen kann, wenn ich zurückkomme. Man verlangt nach mir, man will mich, man lädt mich ein. Das *café society*, wie man so schön sagt. Wenn ich mal eine

Arbeitspause hab, trink ich wahrscheinlich mehr Champagner als Wasser.»

«Einladungen kann man ablehnen», sagte Farakhan.

«Ah, aber ich hab sie gern.»

«Du bist unlogisch.»

«Nein.»

Farakhan überlegte, neigte dann seinen Kopf zur Seite.

«Nein», sagte er. «Stimmt, vielleicht nicht. Vielleicht bist du nicht unlogisch. Aber du bist müde, du hast es satt. Und nun?»

«Vor zwei Jahren war noch alles gut. Als ich endlich Bob Capa getroffen hab.» (Sie blickte Farakhan durchdringend an.) «Und das hab ich nicht dir zu verdanken!» schleuderte sie ihm entgegen. «Na schön. Ich hab ihn getroffen. Hab ich dir erzählt. Während der Pariser Zeit, in der Bar des Ritz, Capa und Hemingway», seufzte sie wieder friedfertig. «Na schön. Er war da, hab ich dir erzählt. Und der Stuntexperte Noel Howard mit dem großartigen Bühnenbildner Alexander Trauner, sie bereiteten gerade einen großen Hollywoodschinken vor, *Land der Pharaonen*, der ist ja dann letztes Jahr gedreht worden. Hollywoodfilme magst du ja auch nicht. Warum mag ich dich überhaupt, du alter Homo?» (Farakhan erwiderte nichts.) «Und was sag ich denn überhaupt? Ach, Scheiße!» schimpfte Ivory Pearl wieder. «Ich weiß nicht mehr, was ich sage. Ich bin ausgebrannt. Ah, ja! Das ist es, genau. Ich bin ausgebrannt und hör mit allem auf.» (Sie stierte Farakhan an. Sie bekam allmählich große graublaue Augenringe. Ihr Gesicht war weiß. Ihre dunklen Augen schienen riesengroß zu sein. Ihr helmartiges schwarzes Haar glänzte. Sie redete weiter:) «Das ganze, heute beginnende Jahr 1956 werd ich keine Reportagen machen, ich verzieh mich in ein Kaff und verbring die Zeit an einem abgeschiedenen Ort, wo es Bäume, Wasser und Tiere gibt. Ich werd Bäume und Tiere fotografieren. Ach, verdammt: Um Vietminhs zu fotografieren, hab ich ja stundenlang auf der Lauer gelegen, da kann ich auch Viehzeug fotografieren. Tieraufnahmen verkaufen sich nicht, aber ich hab ein bißchen Knete zur Seite gelegt. Und dann bin ich die berühmte Ivory Pearl. Man wird mir trotzdem Bilder abnehmen. Ein paar Bilder. Ein Löwe oder ein Rollschwanzaffe bitte schön, fotografiert von der berühmten Ivory Pearl, die sich wie Greta Garbo von der Welt zurückgezogen hat.»

Ivy verstummte. Farakhan wartete, um sicherzugehen, daß sie fertig war.

«Was soll das heißen, schwebt dir das nur vor oder bist du fest entschlossen?» fragte er dann.

«Ich bin fest entschlossen.»

«Weißt du, wohin du gehen wirst?»

«Nein.»

«Und mich fragst du wohl nicht?»

«Doch. Ich hab ja nur dich.»

Sie lächelte. Samuel Farakhan betrachtete sie auf eine eigenartige Weise, er saß vollkommen starr nach vorn gebeugt auf dem Sofa, seine beiden Hände umklammerten die Schenkel. Plötzlich ging er zu dem eigenartigen Barmöbel und goß sich einen gehörigen Schluck seines Isle-of-Jura-Whiskys ein. Er leerte das Glas mit einem Zug.

«He, he, Oberleutnant. Wir werden alle beide betrunken.»

«Ich hab was vergessen», sagte Farakhan, der auf die Wand blickte, an der unter Glas eine Zeichnung von

Koloman Moser hing. «Ich hab vergessen, was zu regeln. Die Heizung.» (Er drehte sich zu Ivy, schien sie aber nicht zu sehen.) «Ich gehe kurz runter, willst du hochgehen? Es ist schon spät. Oder möchtest du lieber auf mich warten?»

Nachdem Ivy gesagt hatte, daß sie natürlich lieber dableiben wollte, ging Samuel Farakhan in den Keller hinunter. Mit einem Schlüssel aus seiner Tasche schloß er das Zylinderschloß einer grauen Panzertür auf. Er trat in einen kleinen fensterlosen Raum. Darin befand sich ein Metallaktenschrank und ein Metallschreibtisch mit einem ausschwenkbaren, kunstlederbezogenen Metallsitz, ein Telefonapparat auf dem Schreibtisch, an der Wand ein Werk von Egon Schiele, Kreide, Kohle und Gouache unter Glas. Farakhan setzte sich an den Schreibtisch, nahm den Telefonhörer ab, verlangte von der Telefonistin eine Nummer in Paris, die mit der Buchstabenfolge BALzac begann.

«Ja», sagte er zu seinem Gesprächspartner. «Ich weiß, es ist spät. Aber es geht um Ivory Pearl und den Fall Alba Black.»

6

In einem zweimotorigen Wasserflugzeug Convair PBY Catalina überflog Ivory Pearl Anfang März 1956 den Golf von Mexiko und das Karibische Meer. Sie hatte den Atlantik in einer Superconstellation überquert und war in den Vereinigten Staaten in einer DC 4 von New York hinunter nach Miami geflogen. Sie hatte sich einige Tage in New York aufgehalten und etwas länger in Miami. Sie hatte eine Ausrüstung zusammengestellt, die nun in der Catalina verstaut war, und sich mit zuverlässigen Männern in Verbindung gesetzt, die jetzt die Maschine nach Kuba steuerten.

«Was würdest du von Kuba halten?» hatte Samuel Farakhan sie am 1. Januar gegen 23.15 Uhr gefragt, als er vom Keller in den Jugendstilsalon zurückgekommen war, wo Ivy noch einen Wodka trank und eine weitere Zigarette rauchte.

«*La isla de cien mil putas!*» hatte sie geantwortet.

«Das ist doch nicht dein Ernst! Ich will in eine unzugängliche Gegend. Ich will meine Ruhe haben.»

«In der Maestra. Da im Gebirge ist weit und breit niemand. Du kannst da ein Jahr leben, ohne daß dir jemand über den Weg läuft. Falls nicht, wohin willst du dann?»

«Afrika. Indischer Ozean. Amazonien. Ich weiß nicht. Ich bin müde. Ich weiß nicht. Ich glaub, ich muß schlafen, Sam.»

«Das stimmt», hatte Farakhan gesagt. «Aber denk darüber nach. Schlaf erst mal.»

Am Morgen des 2. Januar, nachdem sie in der großen Küche des Landhauses dicke Butterbrote gegessen und Milchkaffee getrunken hatten und auf den mit Rauhreif überzogenen Weiden spazierengingen, wo die gelben Halme unter ihren Gummistiefeln knackten, kamen sie wieder darauf zu sprechen.

«Man könnte meinen, du möchtest unbedingt, daß ich dorthin und nicht woandershin fahre.»

«Ach, überhaupt nicht, überhaupt nicht», sagte Farakhan ganz schnell. «Aber ich gebe zu», fuhr er bedächtiger fort, «daß ich deiner Vorstellung von einem abgelegenen Ort sehr kritisch gegenüberstehe. In der Maestra wärst du einen Tagesmarsch von irgendeinem Dorf, einer Straße entfernt. Wenn du eine Blinddarmentzündung bekommst ...»

«Meinen Blinddarm haben sie mir 52 zusammen mit der vietnamesischen Kugel rausgeholt.»

«Du verstehst aber, was ich meine.»

«Du willst mich immer im Auge behalten.»

«Na klar.»

Nach einem Moment des Schweigens hatte Ivy gefragt:

«Was haben sie denn für Tiere in der Sierra Maestra?»

Mitte der Woche war sie wieder nach Paris gefahren, wo sie etwa zehn Tage blieb, sie wohnte in einem Mansardenzimmer, das sie sich vor kurzem in der Rue Robert-Lindet im 15. Arrondissement gekauft hatte, und beschaffte sich Unterlagen, entwarf Pläne, stellte Listen zusammen. Wenn das Fenster offen war, konnte man zuweilen in der Rue de Dantzig Hufe klappern hören, Pferde auf dem Weg zum Schlachthof an der Rue de Vaugirard. Das Fenster wurde selten aufgemacht, denn der Winter war kalt, aber man mußte ja lüften und den Zigarettenrauch hinauslassen.

Im Februar hatte sie in der Superconstellation den Atlantik überquert. In New York hatte sie einige Gegenstände gekauft, von denen sie annahm, daß sie in Miami nicht so einfach aufzutreiben wären. Sie war der Einladung einer Baronin gefolgt, die Literatur und Kunst förderte, und hatte bei ihr einen Abend verbracht, an dem der große Pianist John Lewis spielte. Dort hatte sie zu viel Wodka getrunken und war am nächsten Morgen furchtbar verkatert. Am Abend nahm sie das Flugzeug nach Miami, wo sie fast drei Wochen blieb, um ihre Reise und ihr Leben in der Abgeschiedenheit vorzubereiten. Nun überflog sie in der Catalina gerade die Anguilla Cays, und man überquerte den Wendekreis des Krebses. Ivy saß zusammengesunken auf dem Berg von Gepäck im Rumpf der Maschine. Der Pilot rauchte eine Zigarre auf seinem Platz. Der Kopilot hatte einen struppigen blonden Schnurrbart und unter seinem linken Auge war eine Träne tätowiert, vielleicht ein Hinweis darauf, daß er im Gefängnis jemanden umgebracht hatte. Beide waren weiße Texaner und Rassisten.

Durch die Windschutzscheibe war Kuba zu sehen, und der Pilot winkte Ivy nach vorn. Sie betrachtete die langgezogene Insel durch weiße Wolkenschnüre. Das Meer glitzerte. Der Pilot lächelte Ivy an und rief ihr etwas zu, das sie nicht verstand, weil die beiden Pratt & Whitney-Motoren sehr laut waren. Aber die Bemerkung schien nicht so wichtig zu sein, denn der lächelnde Pilot schaute nun wieder nach vorn.

Nachdem sie die schmale Insel der Breite nach überquert hatten, flog die Catalina über der Halbinsel Zapata, wo es so viele Echsen gibt, eine Kurve, überflog die Schweinebucht, nahm dann Kurs auf den Golf von Cazones, passierte das Archipel der Gärten der Königin. Das klapprige Wasserflugzeug war 25 Jahre alt, oft wieder zurechtgeflickt worden und navygrau überstrichen. Nachdem es schließlich den mit Korallenriffen übersäten Golf von Guacanayabo hinter sich gelassen hatte, setzte es einige Kilometer von Manzanillo entfernt etwa einhundert Meter vom Strand auf dem Wasser auf.

Ein Zodiac-Schlauchboot mit Außenbordmotor brachte Ivy zum Strand, wo zwei Neger und zwei *mestizos* sie begrüßten. Eigentlich waren es Zuckerrohrschneider, doch Ivy hatte sich vorab mit ihrem Arbeitgeber verständigt und sich ihre Hilfe gesichert. Sie trugen schlechte Leinenhosen und Baumwoll- oder Nylonhemden, Strohhüte mit ausgefransten Rändern und waren mit einem kleinen Ford-Lieferwagen gekommen.

Der Kopilot, der den Zodiac steuerte, zischte zwischen den Zähnen hervor, daß es ihn anwidere, eine junge, seiner Meinung nach sehr verführerische und vornehme Weiße einer Bande von Negern auszuliefern. Ivy sagte, er solle sich zum Teufel scheren, und er war ihr nicht böse, weil sie ihn anlächelte.

Der offene Ford-Lieferwagen fuhr mit der Reisenden, ihrem Rucksack und ihrer Eskorte los, vorbei an Königspalmen, bog dann ins Landesinnere ab und verschwand in einem Pinienwald. Es waren 26 Zentigrad um 10.55

Uhr Ortszeit, am 7. März 1956. In diesem Augenblick hatte der Kopilot die Catalina wieder erreicht, war durch die Seitentür wieder an Bord gestiegen und zog das Schlauchboot, aus dem die Luft noch nicht ganz herausgelassen war, hinter sich hoch. Das Wasserflugzeug – eigentlich ein Amphibienflugzeug – ließ seine Motoren aufheulen, setzte sich dann in Bewegung, schlingerte kurz, wurde schneller, bekam Schub, erhob sich schließlich über das Wasser und stieg brummend in den strahlend blauen Himmel, an dem weit oben Zirruswolken trieben.

Ivy fuhr in die Maestra.

Sie fuhr so weit und so hoch, wie man mit einem Lieferwagen fahren konnte. Dort, in einem Dorf, bezahlte sie ihre Begleiter mit Dollar und schickte sie zurück.

«Und du hast also vor, ein Jahr lang nicht zu trinken und nicht zu rauchen?» hatte Samuel Farakhan zu ihr gesagt.

«Genau», hatte Ivy geantwortet.

Im Dorf kaufte sie Zigarren, zwei Liter weißen Rum und eine Mauleselin. Dann setzte sie ihren Weg fort. Mittags aß sie eine Mahlzeit von der amerikanischen Marschverpflegung, um 13.30 Uhr, an einem Palmenhain. Sie war noch nicht in der Höhe, wo keine Palmen mehr wachsen. Nach dem Essen rauchte sie eine Zigarre. Sie hustete. Sie trug Bluejeans, Springerstiefel und ein khakifarbenes Hemd, das am Rücken, unter den Armen und in der Magengegend naßgeschwitzt war. Eine dunkelblaue Baseballmütze auf ihrem schwarzen Haar schützte sie etwas vor der Sonne. Sie nahm einen Schluck aus der Flasche und hustete wieder, aber nicht mehr so heftig. Der Rum schmeckte eher nach *tafia* und schien 70 oder 80 Prozent zu haben. Ivy trank schnell etwas Wasser aus der Feldflasche, die an ihrem Rucksack hing. Sie packte den fürchterlichen Rum wieder in den Sack, den Sack auf die Mauleselin und setzte ihren Aufstieg fort.

Da sie aus Erfahrung wußte, wie kurz die Dämmerung in den Tropen ist, riskierte sie nicht, noch länger weiterzugehen, und suchte sich lieber, solange es noch ganz hell war, kurz nach 17.30 Uhr einen geeigneten Platz für ihr Zelt. Sie war schätzungsweise nur noch ein oder zwei Kilometer von ihrem Ziel entfernt. Und tatsächlich, nachdem sie am nächsten Morgen ganz früh vom Geschrei eines Papageis geweckt worden war, sich die Zeit für eine kurze Körperpflege genommen hatte und für ein kleines, von Wissenschaftlern zur Stärkung der Kampfkraft zusammengestelltes, aber ziemlich fades Frühstück, erreichte sie nach einer Stunde die Stelle, die sie sich als Unterschlupf ausgewählt hatte, oder zu dessen Wahl Samuel Farakhan sie überredet hatte.

Sie befand sich dort in einer Höhe von ungefähr 1100 Metern am Westhang des insgesamt 1994 Meter hohen Pico Turquino, und zu dieser Zeit befand sie sich zwangsläufig im Schatten des Gipfels. Es waren 17° Zentigrad, das heißt ungefähr 70° Fahrenheit. Später würden es vielleicht 23 oder 24 Grad werden. Es war sehr schönes Wetter. Durch die Höhe war es weniger heiß und die Luftfeuchtigkeit geringer, man empfand es als angenehm warm.

Ivy hob den Rucksack von der Mauleselin und jagte das Tier fort. Es würde schon den Weg zurück finden und nach Las Mercedes oder in irgendein anderes Dorf hinuntertrotten; oder irgendein *guajiro* würde die Mauleselin finden und sie behalten: Er würde sie als Arbeitstier nehmen oder sie essen oder hinunter in die Ebene gehen und sie dort verkaufen. Ivy machte sich keine Gedanken um das Schicksal der Mauleselin. Sie hatte schon als Kind den Krieg kennengelernt. Sie hatte Freunde im Krieg verloren, im Frühjahr 1945 in Deutschland und Anfang der fünfziger Jahre in Indochina. Sie war nicht hartherzig, hatte aber eine harte Schale. Sie sah nicht hinterher, als die Mauleselin zwischen den Pinien verschwand. Sie suchte sofort nach einer Lichtung. Zusammen mit Farakhan hatte sie diese Lichtung auf einer Karte entdeckt. Doch manchmal stimmen die Karten nicht. Die Stelle war teilweise von Pflanzen überwuchert und umgeben von Eichen und Pinien auf sandigem Boden. Fast zwei Stunden lang schlug Ivy mit einem Buschmesser das Gelände frei. Sie hieb mehr ab, als eigentlich nötig. Dies war nun keine Lichtung mehr, sondern eine *dropping zone.*

Schweißtriefend und zufrieden befand Ivy um 11.30 Uhr, daß ihre Arbeit beendet sei und setzte sich an den Rand der *DZ*, lehnte sich an eine Pinie, trank die Hälfte des Wassers aus ihrem Wasserkanister, aß 400 Gramm getrocknete Aprikosen und las den Anfang der *Göttlichen Komödie*, das schwere Buch, das sie am 1. Januar von Samuel Farakhan geschenkt bekommen hatte.

Als ich auf halbem Weg stand unsres Lebens,
Fand ich mich einst in einem dunklen Walde,
Weil ich vom rechten Weg verirrt mich hatte;
Gar hart zu sagen ist's, wie er gewesen,
Der wilde Wald, so rauh und dicht verwachsen,
Daß beim Gedanken sich die Furcht erneuet!

«Holla», rief sie in die Stille der Lichtung, räumte Dante in ihren Rucksack und nahm ein *pocket-book* von Ed Lacy heraus, *Something on a Stick*. Gebannt las sie in diesem Buch bis 14 Uhr, als, genau zum vereinbarten Zeitpunkt, die graue Catalina am Himmel auftauchte. Sie überflog viermal das Gelände, das erste Mal, um sich zu orientieren und die einfachen Markierungen zu deuten, die Ivy angebracht hatte, um auf die Windrichtung und andere nützliche Details hinzuweisen. (In Indochina hatte Ivory Pearl gelernt, *dropping zones* zu markieren.) Bei den drei anderen Überflügen warf das Amphibienflugzeug im langsamen Steilflug, kurz davor abzusacken, über der *DZ* sechs große gepolsterte Packen mit dem Material ab, das Ivy für ihr Jahr in der Abgeschiedenheit zusammengestellt hatte. Trotz der Polsterung wären viele Ausrüstungsgegenstände bestimmt zerbrochen, wenn die sechs Packen einfach so abgeworfen worden wären. Doch an jedem war ein kleiner Bremsfallschirm angebracht.

Beim letzten Überflug grüßte der Kopilot, der sich mit einer Hand an den Rahmen der offenen Tür in der Seitenwand der Catalina klammerte, Ivy mit erhobenem Daumen. Sie erwiderte seinen Gruß. Sie waren nur ein paar Dutzend Meter voneinander entfernt, doch der Pilot gab abrupt wieder Gas, rauschte dicht über dem Wald davon und verschwand in südwestlicher Richtung, von der Höhe der Maestra zunehmend schneller hinunter zu den Antillen und dann zurück nach Miami.

Ivory Pearl verbrachte den restlichen Nachmittag damit, ihr Lager aufzubauen.

Es ging hauptsächlich um zwei große Zelte, die so hoch waren, daß man darin bequem aufrecht unter dem Dachfirst stehen konnte. Eins der beiden Zelte sollte

Ivys Unterkunft werden, das andere ihr Abstellraum und ihr Labor, in das sie sorgfältig ihr Fotomaterial einräumte, wobei sie prüfte, ob bei dem Abwurf nichts beschädigt worden war. Sie hatte eine Rollei, eine Leica, eine 6 x 9 Balgenkamera, Spezialobjektive und Vorsatzringe für ihre Apparate. Sie hatte Filme und Stapel Fotopapier, Kanister mit Entwickler und andere Chemikalien. Wie es schien, hatte sie alles, was sie brauchte. Sie hatte Trockennahrung und Konserven für zwei bis drei Monate. Werkzeug und einen zusammenklappbaren schweren olivgrünen Klappspaten, mit dem sie ziemlich weit weg von den Zelten zwei Gruben schaufelte, eine für die Abfälle, die andere für die Latrine. Dann hob sie einen V-förmigen Graben aus, um ihr Lager vor abfließendem Wasser zu schützen. Im März regnete es so gut wie nie in Kuba, doch wenn Ivy kampierte, befolgte sie immer die Regeln, die man dabei beachten mußte.

Während ihrer Arbeit, die mehrere Stunden dauerte, machte die Fotografin stündlich eine zehnminütige Pause, um Wasser zu sich zu nehmen. Gegen 18 Uhr füllte sie zwei 25-Liter-Schläuche an einem winzigen Gebirgsbach, der 1500 Meter vom Lager entfernt zwischen Felsen floß. Sie kam zurück, hängte die Schläuche an den Hauptträger des Wohnzelts und ruhte sich schließlich aus.

Es war noch sehr viel mehr zu tun. Gestelle mußten schleunigst gebaut werden, um die Ausrüstung und die Vorräte vor Tieren in Sicherheit zu bringen. Die beiden Zelte mußten ordentlich eingeräumt werden. In einem Zeitplan mußten die fotografische Arbeit und das Beschaffen von Verpflegung sowie Instandhaltungsaufgaben geregelt werden. Um ihren Speisezettel zu ergänzen, würde Ivy mit ihrer merkwürdigen Waffe auf die

Jagd gehen müssen, einem Marble-Game-Getter-Gewehr, das wie eine viel zu lange Pistole aussah, einen Aluminiumskelettschaft hatte und einen gezogenen Lauf Kaliber .22 Hornet sowie einen glatten Lauf für Schrotpatronen Kaliber .410. Die junge Frau hatte auch eine Colt-Pistole .45 mitgenommen, aber ganz bestimmt nicht, um zu jagen, sondern aus Gewohnheit, um sich im Notfall verteidigen zu können.

«Allein sein», hatte sie zu Samuel Farakhan gesagt. «Allein sein und keinen Finger rühren. Meinen Gedanken nachhängen, falls ich überhaupt welche habe. Im Schatten der Wälder den Vögeln zuhören. Und manchmal… manchmal! meine Kameras nehmen, herumstreifen, ein paar Filme für Orchideen oder Papageien oder Jacarandas verschießen, oder für diesen Scheiß-Schlitzrüßler, den es nur da unten gibt. Oder sogar für Ameisen. Ameisen und kleine Wildschweine. Sich Zeit nehmen. Zeit haben. Allein sein und Zeit haben.»

Farakhan hatte laut in den Hörer geseufzt, denn sie führten ein Telefongespräch, er war in seinem Haus, sie in Paris in ihrer bescheidenen Wohnung in der Rue Robert-Lindet, Mitte Januar.

«Ach», zitierte er ungefähr: «Es gibt doch wohl nichts Unerträglicheres als nur Ruhe ohne Leidenschaft, ohne Affären, ohne Zerstreuung, ohne Hingabe? Dreihundert Jahre früher hätte ich dir das Kloster empfohlen. Da wärst du übrigens schnell wieder draußen gewesen. Vielleicht hast du ja auch schnell die Nase voll von deiner Expedition.»

«Nein, ich halte bis zum Jahresende durch. Ich seh dich am 1. Januar 1957 wieder.»

«Klopf auf Holz», hatte Farakhan gesagt. «Nimmst du eine Knarre mit?»

«Na gut ... ja.»

«Sehr gut.»

«Weißt du, Oberleutnant», hatte Ivy kurz darauf gesagt, «du klingst irgendwie so komisch. Hast du was gegen meine Reise?»

«Nein», hatte Farakhan gesagt. «Das bildest du dir bloß ein.»

«Nein», kam es wie ein Echo vom anderen Ende der Leitung zurück. «Dich beschäftigt was, und du willst es mir nicht sagen.»

«Kleines, ich schwöre dir ...»

«Schwör nicht!» war ihm Ivy ins Wort gefallen. «Keine Lügen zwischen uns. Behalt deine Gedanken für dich, aber lüg mich nicht an.»

Da hatte Samuel Farakhan geschwiegen.

Am 8. März 1956 machte Ivory Pearl vor ihrer Behausung in einem Steinkreis ein Feuer, aß mit Appetit, rauchte dann eine halbe Zigarre, trank drei große Schlucke sehr starken, weißen Rum, ging in ihr Zelt, wickelte sich in ihren khakifarbenen Daunenschlafsack und schlief unter den unablässigen Rufen der Nachtvögel um 21.30 Uhr sofort ein.

7

Eines Morgens Ende März verließ Samuel Farakhan am
Steuer seines Aronde sein Anwesen in der Normandie,
und Lajos Obersoxszki ging sofort in den Jugendstilsalon, um sich auf der Hi-Fi-Anlage Platten von Charlie
Parker, Dizzy Gillespie, Bud Powell und Max Roach an-
zuhören. Der Aronde fuhr in Richtung Paris. Farakhan
war ein schlechter, ängstlicher Fahrer, doch schließlich
hatte die schwarze Limousine nach drei Stunden den
Tunnel und die Brücke von Saint-Cloud erreicht und
kam gegen 11.30 Uhr in die Hauptstadt. Eine knappe
halbe Stunde später parkte Farakhan den Wagen mit einiger Mühe in der Rue Martignac im 7. Arrondissement
ein und stieg die fünf Etagen eines Wohnhauses aus dem
17. Jahrhundert hoch, dessen Vorderseite auf den Square
Saint-Rousseau hinausging. Er wurde von drei Männern
begrüßt. Zwei weitere kamen kurz darauf, nacheinander.
Man trank Aperitifs und unterhielt sich. Manche rauchten. Man reichte sich Exemplare der letzten Nummer des
Bulletins *Telos*, das gerade aus der Druckerei gekommen
war und von dem an die achthundert Exemplare auf dem
Boden vor der Wand in ordentlichen Stapeln aufge-

schichtet waren. Diese Ausgabe enthielt Farakhans Studie über die Aufstände in den sibirischen Lagern und weitere Beiträge über die derzeitige Barbarei, mit Vorschlägen, wie ansatzweise Abhilfe zu schaffen sei.

Man setzte sich schließlich im Speisezimmer zu Tisch, wo es Wurst, dann Bœuf bourguignon und dazu einen Saint-Aubin gab.

Man diskutierte über den Inhalt der nächsten Nummer des *Telos*, der Nummer 7, die man gern in drei Monaten fertig gehabt hätte, die aber bestimmt wie immer verspätet erscheinen würde. Alle Gäste kamen überein, daß es notwendig wäre, Nordafrika einen großen Platz einzuräumen, insbesondere Algerien und den Informationen, die über die von Armee und französischer Polizei eingerichteten Sammellager, in die die Bevölkerung zwangsweise umgesiedelt wurde, durchsickerten. Man besprach noch andere Themen, an denen weitergearbeitet wurde, die Aufruhrstimmung der Schwarzen in Alabama, das erst kürzlich von einem deutschen Gericht verhängte zu milde Urteil für einen Naziverbrecher oder das intellektuelle Durcheinander, das in Ungarn von dem – insbesondere durch den kommunistischen Philosophen Georg Lukács beeinflußten – Petöfi-Club auszugehen schien.

«Wir sind kein allgemeinpolitisches Wochenblatt», betonte der verantwortliche Herausgeber, ein Sechzigjähriger mit Bauch, Brille mit breitem schwarzem Gestell und weißer Mähne. (Sie saßen in seiner Wohnung am Tisch.) «Wir müssen die Informationen auswählen, die bisher noch nicht bekannt sind. Sie auf ihre langfristige Bedeutung hin abwägen. Wir müssen Debatten führen und sie entsprechend gewichten, nicht einfach Fakten liefern. Zum Beispiel diese Bewegung der

Schwarzen in Amerika, die Bewegung in Alabama. Da hat der Gewerkschafter E.D. Nixon zum Boykott der Autobusse in Montgomery aufgerufen. Die NAACP unterstützt die Bewegung. Doch der eigentliche *leader* scheint ja wohl der Pfarrer King zu sein, ein Mann, der sich auf Gandhi und Thoreau beruft. Die Chancen einer Aktion des zivilen Ungehorsams in den Vereinigten Staaten, das müßte *Telos* meiner Meinung nach abwägen. Selbst wenn ich nicht ganz sicher bin, ob die Sache in unser Bulletin gehört. Ist das Schicksal der schwarzen amerikanischen Minderheit der Barbarei zuzurechnen? Davon bin ich nicht unbedingt überzeugt.»

Darauf folgte, was wiederum auch nichts Neues war, ein kurzer heftiger Wortwechsel zwischen denen, die vor allem den östlichen Totalitarismus kritisieren wollten, und denen, die zur Wachsamkeit gegenüber den Mängeln der demokratischen Länder aufriefen. Samuel Farakhan griff nicht ein, erst zum Schluß.

«Das bedroht uns ja gerade», sagte er da. «Wir wollen immer genau sein und alles richtig gegeneinander abwägen. Ein Konzentrationslager der Nazis oder in Sibirien nicht mit einem Flüchtlingslager in Algerien verwechseln. Diese Genauigkeit und dieses Abwägen führt uns zu der Erkenntnis, daß die Welt in zwei Lager gespalten ist. Und trotzdem dürfen wir uns nie einem der beiden Lager anschließen. Anhänger einer ‹dritten Kraft› sind wir deswegen aber auch nicht, wir sind keine Neutralisten. Das ist schwierig.»

Die anderen seufzten und meinten, ja, das sei schwierig. Der Hausherr wollte die Atmosphäre etwas entspannen und fragte, wie es mit den Kontakten zu verschiedenen Personen aussähe, deren Mitarbeit bei *Telos* man ins Auge gefaßt hatte. Doch sofort tauchte wieder das alte

Problem auf: Irgendein ehemaliger Kommunist war zum fanatischen Befürworter Amerikas geworden; irgendein jüdischer Deportierter fand es nicht hinnehmbar, daß *Telos* eine Studie über die Lage der palästinensischen Minderheit in Israel veröffentlicht hatte; irgendein Anarchist wiederum fand hingegen, daß das Bulletin den Interessen der proatlantischen Rechten diente und bezichtigte das Blatt, Geld von irgendeiner, vom CIA vorgeschobenen Organisation zu erhalten.

Man seufzte wieder und meinte, daß es sehr schwierig sei. Man trank Kaffee, verteilte dabei die Aufgaben für das nächste Heft und verabschiedete sich. An den Wänden der Wohnung hingen afrikanische Masken, auf den Möbeln und auf dem Boden standen große holzgeschnitzte Fetische. Farakhan stieg wieder in seinen Aronde und fuhr zur Rue La Boétie, wo er den Wagen abstellte. Er lief bis zur Rue des Saussaies, betrat das Innenministerium, ging dort zu einem Büro des Spionageabwehrdienstes hoch. Das Zimmer war leer, Farakhan machte die Tür zum Flur hinter sich zu, setzte sich in einen Ledersessel und knöpfte sich dabei seinen marineblauen Wollmantel auf. An den Wänden hingen gerahmte Fotos von Prototypen französischer Armeeflugzeuge. Gegenüber von Farakhan stand ein riesiger Schreibtisch aus braunem Holz, auf dem ein Löschblatt lag und sonst nichts. *Commissaire* Montag kam durch eine kleine Seitentür herein und setzte sich mit dem Rücken zum Fenster an den Schreibtisch.

«Wie geht's? Wie steht's mit *Telos*?» meinte er.

Farakhan legte die Nummer 6 des Bulletins auf den Schreibtisch. Montag blätterte es mit dem Daumen durch, blickte kurz auf das Inhaltsverzeichnis, räumte dann die Publikation in ein Schubfach, holte aus einem anderen Schubfach eine Broschüre im Format 21 x 27 und hielt sie ihm hin. Farakhan und der Polizist mußten sich vorbeugen, damit der *Commissaire* dem Briten die Broschüre geben konnte. Das Deckblatt sah folgendermaßen aus:

FRANZÖSISCHE REPUBLIK
Freiheit • Gleichheit • Brüderlichkeit
DER PREMIERMINISTER

SDECE
KURZE DARSTELLUNG
der
ABWEHR POLITISCHER EINMISCHUNG

ZWANZIGSTER PARTEITAG
DER
KOMMUNISTISCHEN PARTEI
DER SOWJETUNION
14.-25. FEBRUAR 1956

In einer Ecke des Deckblatts war auch ein Stempel, das Wort *geheim*, umrahmt und in Großbuchstaben. Farakhan blätterte das Dokument durch, ohne den Inhalt zur Kenntnis zu nehmen, so wie Montag *Telos* nur durchgeblättert hatte. Dann rollte er es zusammen und steckte es in die rechte Innentasche seines blauen Mantels.

«Danke», sagte er.

«Ach, da hat der SDECE bloß wieder was aus der Gerüchteküche zusammengetragen, um gut dazustehen.

Immerhin, Chruschtschow hat einen internen Bericht über die Verbrechen Stalins verfaßt. So was sickert durch. Das wird irgendwann in den nächsten Tagen in den großen Zeitungen stehen. Na ja, das Wie und Warum, die Konsequenzen und all das, ich hab gedacht, daß Sie das interessiert, Sie und Ihre Freunde. Sie und ich, wir sind doch schließlich hier, um uns gegenseitig ab und an einen Gefallen zu tun.»

«So sehe ich die Dinge eigentlich nicht.»

«Und wie sehen Sie sie?»

«Sie erpressen mich», sagte Farakhan. «Indem Sie mir drohen, eine mir nahestehende Person aus Frankreich auszuweisen, Sie zwingen mich, an einer Ihrer Operationen mitzuwirken, die eine andere mir nahestehende Person in Gefahr bringt.»

«Ivory Pearl setzt sich keiner Gefahr aus», sagte Montag. «Und es war nicht die Rede davon, Ihren Lajos Dingsbums auszuweisen.»

«Ach, nein?» sagte Farakhan wütend.

«Wir haben lediglich durchblicken lassen, daß mit ihm was nicht stimmt. Nachdem er Ungarn verlassen hat, ist er in Österreich wirklich ein bißchen zu lange in den Händen des amerikanischen Geheimdienstes gewesen, kurz darauf rückt er Ihnen auf die Pelle, verzeihen Sie bitte den Ausdruck; wir hatten auch damals schon Ivory Pearl im Auge, wollten unbedingt an sie herankommen. Was leiten Sie daraus ab?»

«Allein auf der Grundlage dieser Faktoren könnte man ihn ganz einfach im Verdacht haben, für Sie zu arbeiten.»

Montag schüttelte müde den Kopf, dann lachte er. Der Mann ging auf die Vierzig zu, von der Art und vom Aussehen her wirkte er jugendlich, kastanienbraunes Haar und längerer Bürstenschnitt, lange Wimpern, schöne Zähne, ein Anzug aus grauem Wollstoff und eine dunkelgraue Strickkrawatte zu einem weißen Baumwollhemd. Er nuckelte hartnäckig an einer leeren Dunhill-Pfeife. Er war so vermessen, sich für Pascal und den Jansenismus zu interessieren und hatte darüber einen kurzen Essay bei einem kleinen Verlag veröffentlicht. Farakhan hatte das Werk neulich gelesen. Ein ausgesprochen schwachsinniges Buch.

«Wenn wir Lajos Dingsbums manipuliert hätten», sagte der Hauptkommissar, «hätten wir es nicht nötig gehabt, uns Ihnen gegenüber dermaßen zu offenbaren. Sie hätten für ihn auch so alles getan, was wir von Ihnen verlangt hätten.»

«Lajos», sagte Farakhan gereizt, «heißt nicht ‹Dingsbums›. Er heißt Lajos Obersoxszki. Und ich habe vollstes Vertrauen zu ihm. Ich mußte ihm erst erklären, wer Branko und Balázs waren. Er kannte sie nicht.»

«Oder gab vor, sie nicht zu kennen. Sie waren alle drei im Gefängnis in der Marko-Straße.»

«Alle Jugendstraftäter von Budapest haben im Marko-Gefängnis gesessen. Es liegen Jahre zwischen ihren Aufenthalten dort!»

«Ja, stimmt», brummte Montag.

«Warum sollte ich dieses Mal kommen?» fragte Farakhan.

«Ivory Pearl müßte in den nächsten zwei oder drei Monaten auf eine ganz ruhige und natürliche, aber unmißverständliche Art mitgeteilt werden, daß Aaron Black mit Kind und Kegel von Anfang Dezember bis einschließlich Weihnachten in Havanna ist.»

«Wie jedes Jahr. Das weiß sie. Wir haben darüber gesprochen, als ich sie gebeten habe, in der Sache Alba

Black nachzuforschen, angeblich wegen Lajos. Sie weiß es.»

«Erinnern Sie sie trotzdem noch einmal daran. Sie verstehen, wenn die Sache anläuft, muß sie sich schnellstens zu Aaron Black auf den Weg machen.»

«Ich verstehe nicht, was sie sonst machen sollte.»

«Oh», sagte Montag. «Sie ist nicht weit weg vom amerikanischen Stützpunkt Guantánamo, sie könnte sich dorthin absetzen. Und sie kennt doch auch Ernest Hemingway ein bißchen, oder? Wenn der Weihnachten da unten ist, könnte sie bei ihm aufkreuzen. Oder was weiß ich: alles mögliche, was man nicht bedacht hat. Aaron Black muß ihr regelrecht eingeredet werden, verstehen Sie?»

«Notgedrungen», sagte Farakhan. «Na gut, ich werde ihr Aaron Black einreden, wie Sie sagen. Sonst noch was?»

Commissaire Montag stand auf und wandte Farakhan den Rücken zu. Vom Fenster der ersten Etage aus betrachtete er durch die etwas vergilbte Gardine die Rue des Saussaies. Arbeiter in Blaumännern waren gerade damit beschäftigt, von einer Mauer die Aufschrift *Frieden in Algerien* zu entfernen, die boshafte Kommunisten nachts genau gegenüber den Gebäuden des Innenministeriums mit greller Farbe dort hingepinselt hatten.

«Ivory Pearl wird nichts passieren», sagte Montag, ohne sich umzudrehen. «Wir operieren nicht außerhalb der Landesgrenzen, und wir wollen gewiß keinen anderen Dienst, der dazu in der Lage wäre, auf die Sache ansetzen. Doch wir haben Freunde, sowohl hier als auch dort. Wir haben einen Freund in unmittelbarer Nähe von Aaron Black. Ich möchte, daß Sie das wissen.»

«Um mich zu beruhigen? Wie nett von Ihnen.»

«Stimmt, es ist tatsächlich nötig, daß Sie sich nicht zu große Sorgen machen», sagte Montag und drehte sich dabei abrupt wieder zu Farakhan um. «Nicht, weil Sie mir so ans Herz gewachsen wären. Für mich ist bloß wichtig, daß Sie gelassen sind, damit Sie in aller Ruhe das vorgesehene Programm durchziehen.»

«Ich bin nicht ruhig», sagte Farakhan. «Aber Sie haben mich ja in der Zange.»

Montag wollte sich dagegen verwahren, besann sich dann aber anders.

«Möchten Sie einen Kaffee?» fragte er.

«Mit Ihnen trinke ich nicht», sagte Farakhan.

Kurz darauf stieg er in der Rue La Boétie wieder in seinen Aronde, es war 17.30 Uhr, Farakhan fuhr schleunigst nach Westen, um möglichst nicht in die Staus zu kommen, die sich immer nach 18 Uhr bilden. Er schaffte es gerade noch, verließ Paris, fuhr in der hereinbrechenden Nacht hinaus in Richtung Pontoise, Gisors, Gournay-en-Bray. Es fiel ein häßlicher, kalter Nieselregen. Farakhan saß verkrampft und nach vorn gebeugt am Steuer und blickte angespannt durch die beschlagene Windschutzscheibe in die Nacht. Gegen 20.30 Uhr war er schließlich wieder daheim, parkte den schwarzen Aronde vorsichtig zwischen dem grünen Land Rover und dem kaputten 2 CV-Lieferwagen in der Garage ein. Er trabte durch den Regen bis zur Tür des Hauses, ging hinein, legte seinen dunkelblauen Mantel und seinen Schal ab. Im Salon war Tadd Damerons Klavier, Ernie Henrys Altsaxophon, Fats Navarros Trompete sowie Curly Russell am Kontrabaß und Kenny Clarke am Schlagzeug in einer New Yorker Aufnahme von 1947 zu hören. Fats Navarro starb drei Jahre später an Tuberkulose und an Drogen, die vier anderen waren bekanntermaßen weiterhin ziemlich gut drauf. Samuel Farakhan ging in die Küche und schnupperte. Anscheinend köchelte dort ein ausgezeichnetes Essen vor sich hin. Der ehemalige *Flight Lieutenant* kam in den Salon, wo sich Lajos in blauer Kordsamthose, blauem Sporthemd und einem dünnen weißen Pullover sofort von dem Sofa erhob, auf dem er gelegen hatte, und die Jazzmusik abstellte. Die beiden Männer küßten sich flüchtig.

«Wir können essen», verkündete Lajos.

Bei Tisch erzählte Samuel Farakhan Lajos Obersoxszki den genauen Ablauf seiner Unterredung mit *Commissaire* Montag von der DST. Als Farakhan fertig war, fragte Lajos:

«Soll ich meine amerikanischen Freunde benachrichtigen?»

«Nein», sagte Farakhan. «Noch nicht.»

8

Ivy wurde morgens früh wach. Meistens war schönes Wetter, die Nacht dann klar, und die Fotografin schlief gern unter freiem Himmel vor den Zelten, auf einer Regenplane in einem Schlafsack. In der Morgendämmerung öffnete sie im Gipfelschatten des Turquino die Augen und sah zu, wie sich der Himmel rasch aufhellte. Unzählige Vögel sangen in den Bäumen.

Ivy stand auf, sie trug einen Baumwollschlafanzug, ihr Gesicht glänzte, weil sie es zum Schutz vor den *macaguëras* mit Creme eingerieben hatte, und wusch sich ohne falsche Scham im Freien. Dann ging sie in das Wohnzelt, kam angezogen wieder heraus und machte sich Frühstück, es konnte 7.15 oder 7.30 Uhr sein, der subtropische Tag hatte sich binnen einer halben Stunde eingestellt.

Nach Osten, auf der anderen Seite des Turquino, wölbten sich die grünen Kuppen der Sierra Maestra mit ihren Pinien und Laubbäumen, deren Stämme in einem Meer von Büschen verankert waren, in denen Trauben scharlachroter Blüten hingen. Rechts, in nördlicher Richtung, zum Inselinneren hin, war das Tiefland mit seinen Dörfern, seinen Zuckerrohr- und Tabakplantagen zu sehen, die zwei Tagesmärsche entfernt lagen. Links versperrten Bäume den Blick. Wenn man sich einen Weg bahnte durch das üppige Grün, erreichte man den Rand einer Klippe, die beinahe senkrecht zum Meer der Antillen hin abfiel, das Ivy lieber Karibisches Meer nannte. Nach einem Frühstück aus starkem, sehr süßem Kaffee, Zwiebacken mit Butter und Trockenfrüchten rieb sich Ivy, die nun eine olivgrüne Kombination trug, einen kleinen gleichfarbigen Safarihut und Springerstiefel, abermals Gesicht und Hände mit Mückenschutzcreme ein und griff sich ihre Ausrüstung. Wenn sie bloß einen Erkundungsgang machte, nahm sie nur sehr wenig mit: ein 8 x 30 Fernglas und für eventuelle Schnappschüsse einen kleinen 24 x 36 Voigtländer mit einem 135mm-Teleobjektiv und UV-Filter, denn es war ein Kodachrome-Film eingelegt. Sie verließ die Zelte, in denen die übrige Ausrüstung und all ihre Sachen zurückblieben. Zwei- oder dreimal war sie in Indochina und in Afrika von mehr oder weniger gründlichen Plünderern ausgeraubt worden, doch hier war im Umkreis von mehreren Kilometern niemand, außer einem *guajiro* weit im Westen – ein einsamer Bauer, der auf einem kleinen Stückchen Land, das er dem Wald abgerungen hatte, zu überleben versuchte und Ivy manchmal Rum verkaufte, denn sie schaffte es nicht, davon loszukommen.

Wenn einer ihrer Erkundungsgänge sie auf die Spur eines interessanten Tieres geführt hatte, ging Ivy wieder in ihr Lager zurück. Wenn es noch früh genug war, versah sie sich noch am selben Tag, sonst erst am nächsten, mit der für ihr Vorhaben erforderlichen Ausrüstung und ging dann auf die Jagd. Das war nicht weiter

abenteuerlich. Es gibt keine wilden Indios in der Maestra. Es gibt keine Raubtiere, Alligatoren sind hier auch
nicht, sie sind weiter unten, an der Küste. Es gibt nur
eine Menge Insekten und Eidechsen, unwahrscheinlich
viele Vögel, ein paar Wildschweine, einige Waldmaus-
arten, und manchmal eine Schlange. Ivy war Gefahr und
Krieg gewohnt und suchte gewohnheitsmäßig die Nähe
von Gefahr und Krieg. Als sie ihr Lager in der Maestra
gebaut hatte, hatte sie sich zunächst gelangweilt, sich
dann aber gezwungen, ihre Aufgaben planmäßig zu erle-
digen und schließlich vergessen, sich zu langweilen.

Nehmen wir beispielsweise an, sie sucht und entdeckt
das Gewölle eines kleinen Greifvogels, das heißt den
Ballen aus Knochen und Federn oder Haaren, den der
Greifvogel wieder herauswürgt, nachdem er die verdau-
lichen Bestandteile seiner Beute aufgenommen hat. Ivy
muß nun sehr sorgfältig die Umgebung beobachten,
manchmal zwei oder drei Stunden, lange reglos dasitzen
und durch das Fernglas die Wipfel der Pinien betrach-
ten. Um dann schließlich ein Käuzchen zu entdecken
und mit Freude festzustellen, daß es ein *Glaucidium siju*
ist. Sie vergewissert sich, daß sie die Stelle wiederfinden
kann. In der Abenddämmerung muß sie mit einem
400 mm-Teleobjektiv, einem Stativ und einem hochemp-
findlichen Schwarzweißfilm zurückkommen. Ivy steht
langsam auf und geht in einem großen Bogen weg, um
den kleinen Greifvogel nicht zu erschrecken. Sie kommt
in der Dämmerung wieder. Nachdem das Käuzchen von
der bevorstehenden Nacht angelockt wurde, arbeitet sie
zehn oder zwölf Minuten lang, bevor die schnell hereinbrechende Finsternis weiteres Arbeiten verhindert.

An einem solchen Abend mußte sie immer in der
dunklen Nacht ins Lager zurückkehren, sich mit der

Lampe den Weg leuchten, durch das Gewirr von Felsen und durch wucherndes Grün, Jacarandas, Tulpenbäume, Flamboyants und Orchideen unter dem Geäst von Eichen und Pinien. Ivy bewegte sich sehr vorsichtig vorwärts. Sie hatte sich einmal den Fuß verstaucht, als sie allein über die kambodschanische Hochebene zog. Zum Glück haben sie die nicht feindseligen Hmong gefunden. Trotzdem hatte sie gelernt aufzupassen. So desinfizierte sie auch ihr Trinkwasser aus dem kleinen Bach mit Tabletten, obwohl er sehr sauber zu sein schien.

Im Mai schnitt sie sich mit dem Buschmesser Holz für einen Tisch und fügte die einzelnen Teile mit Pflöcken zusammen.

Alle drei bis vier Wochen brauchte sie sechsunddreißig Stunden, um hinunter nach Las Mercedes zu gehen, das nächste Dorf in der Ebene. Dort kaufte sie so viel Vorräte, wie sie meinte, tragen zu können, das heißt zwischen fünfzig und sechzig Kilo Trockennahrung und Konserven. Der Ladeninhaber war ein sehr magerer *mestizo* namens Ignacio Chaumón. Er betrieb auch die Poststelle. Die Adresse hatte Ivy Samuel Farakhan auf einer Postkarte ins Département Seine-Inférieure, *Francia*, mitgeteilt. Sie hatte hier noch nie etwas bekommen. Sie erwartete auch nichts.

Wenn sie von Las Mercedes wieder zu ihrem Lager hinaufgestiegen war, war sie immer wie erschlagen. Mehr als 10 Kilometer Weg, mehr als 1 000 Meter Höhenunterschied, sechzig Kilo Gepäck in einem Traggestellrucksack; sobald sie angekommen war, den Rucksack abgenommen hatte, warf sie sich auf den Schlafplatz im Wohnzelt, den sie benutzte, wenn es regnete, und stöhnte vor Schmerz und Erleichterung, der Rücken brannte, die Beine krampften, sie vergrub das Gesicht in

der khakifarbenen Decke, neben der zwei oder drei amerikanische Krimis lagen und *Die Göttliche Komödie.*

Wohl ist er am Leben, und ich muß ihn
So ganz allein durchs düstre Tal geleiten,
Wohin Notwendigkeit, nicht Lust ihn führte.

Manchmal hatte Ivy Alpträume. Bilder aus der Vergangenheit kamen wieder hoch. Und die mit Schnee und
Dschungel und Leichen in Schlamm und Schnee waren
noch nicht einmal die schlimmsten.

Trotzdem nahm die junge Frau mehrere Kilo zu, alles
Muskelmasse. Ihr Gesicht und ihre Hände waren braun,
und durch ihre dünne Bekleidung hindurch hatte ihr
übriger Körper die Farbe von dünnem Tee angenommen.
Sie war sehr schön, wenn sie sich bei Tagesanbruch
nackt wusch.

Noch beobachtete sie niemand.

9

Und dann war da jene Vollmondnacht, eine Sommer-
nacht, in der Ivy nackt aus ihrem Zelt kam, so schnell sie
konnte durch das weißliche Dämmerlicht rannte und alles aus sich herausbrüllte, den Zorn, den Kummer, die
Einsamkeit, die Negation. Sie stolperte, fiel auf ein
Knie, stieß einen obszönen Fluch aus. Plötzlich übergab
sie sich. Sie brachte nicht viel heraus, mußte aber noch
lange laut würgen und schrecklich husten. Ihr nackter
Bauch glänzte vor Schweiß und zog sich anfallsweise
krampfend zusammen.

«Ah», sagte sie. «Scheiß-Paradies. Ich werd krepieren.
Wenn ich hier nicht weggehe, werd ich krepieren. Wenn
ich hier weggehe, werd ich auch krepieren. Ah, Scheiß-
Paradies.»

Sie sprach mit sich, war aber keinesfalls betrunken,
genaugenommen hatte sie seit Tagen schon keinen Alkohol mehr zu sich genommen. Vielleicht war sie in
diesem Augenblick ein bißchen verrückt. Sie richtete
sich wieder auf. Im hellen Schatten des Mondlichts
wirkten die Gestelle, die sie aus Rundhölzern errichtet
hatte, um die Nahrungsmittel vor Tieren zu schützen,

wie unfertige Scheiterhaufen. Ivy trank Wasser aus einem Schlauch, der am Zeltmast hing. Danach zündete sie sich ihre letzte Gitane an, die sie sich für eine besondere Gelegenheit aufgehoben hatte.

«Na schön, mein Mädchen», sagte sie zu sich selbst in der Nacht. «Du brauchst halt eine Weile, eine ganze Weile, ehe du das Gift rausgespuckt hast, ehe du von der Welt loskommst. Und du wirst in die Welt zurück müssen. Nach einer Weile, nach einer ganzen Weile, in fünf oder sechs Monaten wirst du zurück müssen. Dazu hast du keine Lust mehr, mein Mädchen, du hast aber auch keine Lust, für immer hierzubleiben. Hier krepieren oder da krepieren. Am Ende mußt du sowieso sterben, mein Mädchen.» (Niemand außer ihr selbst hatte sie je «mein Mädchen» genannt.) «Das ist doch eigentlich kein Problem, mein Mädchen», sagte sie.

Sie hatte immer gern die Leichen des Krieges fotografiert.

«Der Vampir wird sich bis zum Jahresende ausruhen», erklärte sie, als sie ihre Zigarette zu Ende geraucht hatte und keinesfalls betrunken, sondern nur ein bißchen verrückt geworden wieder schlafen ging.

Am Hang des Turquino hatte jemand aus einem Kilometer Entfernung mit einem leistungsstarken Infrarot-Nachtsichtgerät das nackte Mädchen beobachtet.

10

«Ich möchte das hier genau studieren», erklärte Aaron Black, als er mit der Spitze seines dicken Fingers auf eine Reproduktion in einem vor ihm aufgeschlagenen Kunstband tippte; es war eine Reproduktion des sehr berühmten Bildes von Jan van Eyck, das allgemein *Das Arnolfini-Paar* genannt wird. (Man befand sich im Salon einer Suite im «Strand», keinem sehr luxuriösen Hotel, aber hier hatte Aaron Black früher immer gewohnt, als es ihm sozusagen noch dreckig ging. Man bereitete einen Besuch in der National Gallery vor, wo vor allem *Das Arnolfini-Paar* hing.)

Julienne protestierte vorsichtig, indem sie sagte, das Bild sei zu bekannt, es sei in jedem beliebigen Lexikon zu finden, es gäbe noch weit mehr und unvermutet Schönes in der National Gallery zu entdecken usw.

«Sie verstehen nicht, Julienne», sagte der kleine Mann in einem anthrazitfarbenen Westenanzug, mit hellblauem Hemd und dunkelblauer Krawatte mit weißen Streifen. «Sie glauben, ich interessiere mich für Malerei, um in Gesellschaft zu glänzen. Ich sehe mir aber die Bilder nicht an, um darüber zu reden. Sondern nur zu meinem eigenen Vergnügen, verstehen Sie?» (Er blickte wieder auf die Reproduktion.) «Und zu meinem eigenen Vergnügen will ich Dinge wissen. Warum liegen zum Beispiel links Schuhe auf der Erde? Warum hat jemand was in Schönschrift auf die Wand im Hintergrund gemalt? Und ob die gute Frau, so wie es hier aussieht, geschwängert wurde.»

Julienne, die mehrere Abschlüsse in Kunst und lange blonde Haare hatte und einen schwarzen Lederhosenanzug trug, stieß einen leichten Seufzer aus.

«Die junge Frau ist vermutlich nicht in anderen Umständen», sagte sie. «Das ist die damalige Mode und wirkt nur so. Außerdem zeigt das Bild den Augenblick, in dem der Bund von den Eheleuten geschlossen wird, so daß es geschmacklos wäre, Jeanne Cenami schwanger darzustellen ...»

«Wer ist das?»

«Die junge Frau heißt so. Und die Schönschrift im Hintergrund, das ist der Name des Malers, der damit bekundet, daß er Zeuge des Vertrags ist.»

«Und die anderen Zeugen, das sind die Kerle im Spiegel!» rief Aaron Black.

«Ganz richtig», meinte Julienne vergnügt. «Und der Maler ist auch dabei.»

«Und die Latschen in der linken Ecke, was soll das bedeuten?»

Das Telefon klingelte. Die ganze Zeit saßen zwei Männer schweigend im Salon. Einer der beiden stand auf und nahm den Hörer mit der linken Hand ab. Nachdem er das Gespräch beendet hatte und den Hörer wieder aufgelegt hatte, ging er schräg durch den Salon und öffnete ein Schubfach.

«Nouaceur ist unten, er kommt hoch», meinte er paradoxerweise und nahm aus dem Schubfach eine sehr protzige vernickelte Walther-PPK-Pistole mit Elfenbeingriffschalen und steckte sie sich in die linke Tasche seines blauen Blazers, der drei Kupferknöpfe hatte; dazu trug er eine hellgraue Hose und feine graue Chairlederhandschuhe, einen hoch unter dem Kinn gebundenen grauen Seidenschal, dann sagte er: «Nouaceur hat den Eindruck, daß er beschattet wird.» (Der Mann sprach mit heiserer Flüsterstimme, er hatte ein schmales, gebräuntes Gesicht, sehr dunkles, an den Schläfen langsam ergrauendes Haar, Augen wie Topase. Seine PPK war für .380 ACP eingerichtet und enthielt sieben Schuß.)

«Im Hotel?» fragte Aaron Black.

«In London.»

«Na und, das ist ja wohl sein Problem», sagte Black und fuhr mit dem Kopf zu Julienne herum, weil sie sich gerade zurückziehen wollte: «Nein!» sagte er. «Bleiben Sie. Es ist besser, wenn er den Eindruck hat, er stört. Und dann haben Sie auch gleich etwas, das Sie Ihren französischen Freunden von der Spionageabwehr erzählen können.»

«Ich …» begann Julienne, aber es klopfte an der Tür, und Aaron Black rief, er solle hereinkommen, Hocine Nouaceur kam in das Zimmer geschlichen, machte die Tür vorsichtig zu und musterte etwas ängstlich die vier im Raum befindlichen Personen.

Nouaceur war ein blonder Kabyle mit blauen Augen, was ihm das Leben in Frankreich erleichterte, doch er war selten in Frankreich, da er den FLN noch mehr fürchtete als die Polizei. Er trug einen marineblauen Anzug und eine hellblaue Strickkrawatte. Aaron Black ließ ihn auf einem Ledersitzkissen Platz nehmen. Julienne war neben dem Sessel von Black stehengeblieben. Der Mann mit der Walther hatte sich, nachdem er Nouaceur herablassend gemustert hatte, abgewandt, sah aus dem Fenster und beobachtete, wie rote Doppeldeckerbusse und Wagen der Marke Morris, Hillmann oder andere vorbeifuhren. Aaron Black bot dem Kabylen Kaffee oder sonst etwas zu trinken an, doch dieser wollte nichts.

«Hocine, mein Freund, wie läuft es?» fragte Black.

«In welcher Hinsicht?»

«In... Wie würdest du sagen? Politisch-militärischer Hinsicht?»

«Gut.»

«Lügner.»

«Ich bin wegen Waffen gekommen, nicht, um über Politik zu diskutieren», sagte Hocine und sah dabei auf den Teppich.

«Der Widerstandskampf von Bellounis, dein Widerstandskampf, Hocine, ist so aussichtslos wie der vom Djebel Nador. Ihr mußtet euch mit dem FLN arrangieren oder mit den Franzosen. Mit den Franzosen habt ihr euch ja schon ein bißchen arrangiert. Etwas zu sehr, soviel ich weiß. Und in der Hauptstadt liefern eure Geldeintreiber die Leute vom FLN der französischen Polizei ans Messer, soviel ich weiß. Sieht schlecht aus für euch.»

Hocine richtete sich auf und sah Black in die Augen.

«Die Waffen brauchen wir ja gerade deshalb, damit uns die Franzosen nicht mehr in der Hand haben.»

«Und ihr werdet den Zweifrontenkrieg gewinnen?»

«Ich diskutiere nicht», sagte Hocine.

«Fünftausend 1943er Mauser-Karabiner, spanisches Fabrikat.»

«Die Hälfte, vorerst.»

«Nein, die gibt's nur komplett.»

«Gut», sagte Hocine nach einem Augenblick. «Und weiter?»

«Zweihundertfünfzig Maschinenpistolen ‹La Coruna›, das ist die spanische Kopie der Schweizer Rexim-Favor Mark IV.»

«Ich weiß, der FLN bekommt die aus Syrien. Und weiter?»

«Etwa hundert spanische Pistolen. Llama, Star, Ruby, alles mögliche, sind aber alle für 9 mm Para, außer den Ruby, das sind 7,65er, sind aber nur ein Dutzend Ruby. Und dann zu allem die Munition. Das ist dann alles. Ich denke mal, Artillerie willst du nicht?»

«Artillerie?»

«Kanonen.»

«Nein. Aber ein paar Maschinengewehre, ginge das?»

«Hoppla», meinte Black. «Das wird ja ein richtiger Krieg.»

«Ja.»

Aaron Blacks Lächeln erlosch schnell.

«Ich kann dir eventuell leichte MGs besorgen. MG 13. Ich weiß nicht, wieviel. Etwa zehn. Das müßte für den Anfang reichen.»

«Ja», sagte Hocine. «Leider ja. Wir sind nicht sehr viele.»

«Man darf keinen Zweifrontenkrieg führen», sagte Aaron Black wieder. «Denk an Hitler.»

Dann sprachen sie über Geld. Zunächst waren sie sich sehr uneinig über den Preis der Waffen. Plötzlich wurden sie sich einig. Anscheinend war das die Kurzform des traditionellen Feilschens. Die Hälfte des Geldes würde vorher auf ein Genfer Konto überwiesen werden, die andere Hälfte nach der Lieferung. Black fragte mürrisch, ob die Lieferung wieder über Tanger abgewickelt würde. Er sagte, daß es über Marokko immer sehr gefährlich wäre. Doch Hocine sagte, auf der anderen Seite wäre es noch schlimmer, dann stand er auf, und dieses Mal stand Aaron Black auch auf, rief den Mann mit den Handschuhen, der am Fenster stand und dem Verkehr vor dem «Strand» zusah.

«Guido wird dich begleiten», sagte Black zu Hocine Nouaceur. «Du denkst, daß du beschattet wirst?» (Der Kabyle verzog unschlüssig das Gesicht.) «Guido wird mal ein bißchen hinter dir hergehen. Wenn es Leute vom FLN sind, sagt er es dir, er unternimmt nichts, einverstanden?» (Black sah zu Guido hinüber, der nickte.)

«Gefährlich ist es vor allem in Belgien und Frankreich», sagte Hocine. «Hier ist es ruhiger.»

Sie verabschiedeten sich kurz, und der Kabyle ging zusammen mit Guido hinaus.

«Ich erzähle den französischen Freunden nichts!» rief Julienne Laqueur, die offenbar ihre Wut zurückgehalten hatte, seit Hocine Nouaceur hereingekommen war und sie aufgehört hatte zu sprechen. «Aber das ist widerlich, was Sie da gesagt haben!»

«Ach, hab doch bloß Spaß gemacht. Ich denk das doch nicht», brummelte Black nachlässig und machte dabei ein Gesicht, als ob er ernsthaft über etwas anderes nachdenken würde.

«Kann mal jemand das Fenster aufmachen?» fragte der Mann, der hinten im Salon saß. «Hier stinkt's nach Araber.»

Aaron Black drehte sich mit seinem kleinen, in einen Dreiteiler gekleideten Körper und seinem eiförmigen, völlig kahlen Kopf mit Doppelkinn, wulstigen Lippen, einer großen Hakennase und zwei kleinen funkelnden grauen Augen blitzartig herum.

«Hocine ist Berber», sagte er. «Weder er noch die Araber stinken. Du bist rassistisch.» (Er sah zu Julienne:) «Mein Sohn ist rassistisch», sagte er in neutralem Ton.

«Die Araber wollen Israel ins Meer jagen», sagte der Sohn.

«Das stimmt, aber das ist eine andere Sache», gab Aaron Black zu, der zwei Jahre, vom Frühjahr 1943 bis zur Befreiung des Lagers im April 1945, im Konzentrationslager Buchenwald gewesen war. Ein von einem roten Dreieck überlagertes gelbes Dreieck auf seiner zerlumpten Deportiertenjacke hatte ihn als politischen Häftling und Juden kenntlich gemacht. Er wiederholte: «Du bist rassistisch. Und», fügte er hinzu, «du bist ein Dummkopf. Es tut mir sehr leid, daß Alba tot ist. Ich hab niemanden außer dir, dem ich meine Geschäfte übergeben kann, wenn ich zu alt bin. Und du wirst Mist bauen. Wirst alles verpfuschen. Du bist ein Dummkopf, Simon. Du wirst dich ruinieren. Genauso wird es kommen. Um die kleine Alba tut es mir sehr leid.»

Simon Black erhob sich aus seinem Sessel. Er war etwa fünfunddreißig Jahre alt. Er war groß und hager, hatte ein schmales Gesicht und wie sein Vater graue Augen, die aber nie funkelten. Von seiner Mutter hatte er das schwarzgelockte Haar. Er trug einen blauen Samtanzug und ein Rollkragenhemd. Er rauchte eine Camel, die Zeige- und Mittelfinger sowie die Daumenballen beider Hände waren gelb von Nikotin und Teer. Er sprach wenig. Man dachte, er hätte nichts zu sagen. Man hielt ihn für einen Idioten. Er richtete seinen stumpfen Blick auf seinen Vater, der ihn mit seinen vor Verachtung blitzenden Augen ansah, verließ den Salon durch eine Seitentür und schloß sie geräuschlos hinter sich. Aaron Black seufzte, drehte sich erneut herum und setzte sich wieder. Er beugte sich über den Kunstband mit der Reproduktion des *Arnolfini-Paares* und tippte mit der Spitze des Zeigefingers in die linke untere Ecke des Bildes.

«Also, Julienne», sagte er. «Was bedeuten die Latschen?»

11

An einem Sommermorgen stieg Ivy früh aus ihrem Schlafsack, räkelte sich unter einem Wasserschlauch, seifte sich ein, spülte sich ab, trocknete sich ab, putzte sich die Zähne. Die Hälfte des Planeten Erde lag noch im Schatten der Nacht. Mehr als die Hälfte der Menschheit schlief. Ivy legte ihre Zahnbürste neben die Seife und die anderen Toilettensachen auf ein kleines Brett vor ihrem Wohnzelt, ging hinein und kam mit Bluejeans und einem Armeehemd bekleidet ohne eine Kopfbedeckung wieder heraus. Ihr halblanges schwarzes Haar war sehr schlecht frisiert, weil sie es sich vor vierzig Tagen mit einer riesigen Schere, die zum Kappen von Ästen und ähnlichem gedacht war, selbst gestutzt hatte. Sie nahm die Schläuche, die sie eben bis zum letzten Tropfen geleert hatte, und begab sich zu dem schmalen Bach, füllte fünfzig Liter hinein und trug sie scheinbar mühelos zurück. In Europa war es Nacht, die Leute schliefen, und in Nordafrika ebenfalls. Schmuggler des FLN überquerten die Grenze zwischen Tunesien und Algerien mit Waffen und Munition. In Frankreich, im Département Seine-Inférieure, lag Lajos in Samuel Farakhans reich verziertem Haus in seinem Zimmer und schlief fest. Der junge großartige Trompeter Clifford Brown war in der Nacht vom 26. zum 27. Juni zusammen mit seinem Pianisten im Auto umgekommen. Von den Trompetern konnte nun niemand mehr mit Miles Davis konkurrieren, der kurz zuvor einige Stücke mit seinem neuen Quintett aufgenommen hatte, darunter befand sich auch der dreißigjährige Tenorsaxophonist John Coltrane, der mit der Session jedoch nicht zufrieden war; er plante eine weitere, um das Ganze auf Schallplatte zu bringen. Die junge schöne Ivy trank ruhig Kaffee und aß sehr harte Zwiebacke und getrocknete Aprikosen. Um diese Zeit waren es in dieser Höhe in der Maestra zu dieser Jahreszeit kaum 20 Zentigrad. Später wird man Grad Celsius sagen. Später werden John Coltrane und Miles Davis ebenfalls tot sein, wie Clifford Brown oder General Gamal Abdel Nasser, der nachts über die Verstaatlichung des Suez-Kanals durch Ägypten nachdachte.

Etwas später packte sich Ivy die Fotoausrüstung ein und ging in den Wald. Sie hatte Vergrößerungsobjektive und Vorsatzringe in ihrem Marschgepäck. Weil ihr nach Faulenzen zumute war und sie beabsichtigte, langsam, sorgfältig und in aller Ruhe Aufnahmen von Blattnerven, Blütenblättern von Orchideen, dem Gewimmel in Ameisenhaufen und solchen Dingen zu machen.

Samuel Farakhan schlief nicht. Von der zweifelhaften Klarsicht der Schlaflosigkeit gepeinigt, saß er in seinem Arbeitszimmer und rauchte eine Player's, seine Hände zitterten leicht im weißen Licht der von feinem englischen Tabak umdunsteten Schreibtischlampe. In Budapest war Rákosi auf ausdrücklichen Befehl der Russen zurückgetreten, János Kádár und den Sozialdemokrat György Marosán, die lange wegen «faschistischen Titoismus» im Gefängnis gesessen hatten und vor kurzem rehabilitiert worden waren, hatte man ins Politbüro der Partei gewählt, und einige Wortführer des Petöfi-Clubs forderten die Wiedereinsetzung von Imre Nagy. Deshalb hatte Lajos am Nachmittag gesagt und dabei leicht gelacht: «Vielleicht sollte ich nach Ungarn zurückkehren, vielleicht bewegt sich dieses Mal wirklich was, ich sollte meine amerikanischen Freunde bitten, mich da wieder einzuschleusen.» Samuel Farakhan saß also hellwach mit seiner Zigarette und einem Glas Scotch im Keller, und eine unsinnige Angst schnürte ihm das Herz zusammen.

Ivy entdeckte Vögel, versteckte sich und fotografierte sie auf Kodachrome mit einem Teleobjektiv. Es gibt 300 verschiedene Vogelarten auf der Insel, jedoch nicht alle kommen in der Maestra vor. Ivy verschoß fast einen ganzen Film für einen Trogon, der sich aus der bewaldeten Ebene hierher verirrt hatte. Am Vormittag war sie nicht mehr weit entfernt von ihrem Lagerplatz, so daß sie dahin zurückkehrte, weil sie dort besser essen konnte, als es an Ort und Stelle möglich gewesen wäre. Sie saß vor ihrem kleinen Feuer, bereitete sich in einem kleinen Aluminiumtopf ein Ragout zu und verzehrte es. Man mußte aufpassen, daß man sich nicht verbrannte. Einmal fuhr sie jäh mit dem Kopf herum, wie jemand, der plötzlich den Eindruck hat, beobachtet zu werden. Sie beruhigte sich wieder, schüttelte ihr schlecht geschnittenes schwarzes Haar, stand auf, aß weiter. Auf dem Brettchen in der Nähe, wo sie immer ihre Toilettensachen abstellte, lag ein Handtuch zum Trocknen, eine Toilettentasche, Seife in einer Bakelitdose, eine Tube Zahncreme und eine Papageienfeder, eine lange rote Feder.

In London bricht gerade der Tag an. In einem Zimmer

des Hotels «Strand» in London schlafen Simon Black und Julienne Laqueur nackt in einem großen Bett. Aaron Black ist vor einigen Minuten aufgestanden. Er hört Radio. Die Nachrichten bringen nicht das, was ihn interessiert, das heißt etwas über die von Harold Stassen geführte Bewegung, *Dump Nixon Movement*, die über den angeschlagenen Gesundheitszustand des Präsidenten Eisenhower und das damit verbundene Risiko, daß Vizepräsident Richard Nixon sein Nachfolger im höchsten Amt werden könnte, äußerst beunruhigt ist und deshalb vorschlägt, Nixon von der Wahl, die Ende des Jahres stattfinden soll, auszuschließen und ihn durch den Gouverneur Chris Herter zu ersetzen. Aaron Black, seine Freunde und ihre gemeinsamen Geschäftspartner setzen gewisse Hoffnungen auf die politische Zukunft Richard Nixons. Aaron Black ist besorgt. Guido sitzt ihm gegenüber, beide Männer bestreichen sich Toastscheiben mit Butter. Guido hat eine riesige Narbe quer über den Hals und hält sein kleines Messer mit der linken Hand.

Nachmittags in der Maestra fotografierte Ivy geduldig Ameisen und ähnliches.

Später, als sie wieder in ihrem Lager war und gegessen hatte, wollte sie sich die Zähne putzen, doch sie fand auf ihrem kleinen Toilettenbrett weder ihre Zahnbürste noch die Tube Zahncreme, sie fand nur einen schimmernden Pinienzapfen und die aus dem Schwanz eines Papageien herausgerissene lange rote Feder.

In jenem Sommer war ich dreizehn Jahre alt und der festen Überzeugung, unbehelligt von den Wechselfällen der Weltgeschichte leben zu können. Einige Jahre später änderte ich meine Meinung. Doch erst, nachdem fast vier Jahrzehnte vergangen waren, erzählte man mir das Abenteuer von Ivory Pearl und Alba Black.

12

Im Norden Amerikas, in Kanada, soll es eine Ratten-
spezies geben, die eine Art Tauschinstinkt besitzt. Das
Tier dieser Gattung nimmt dem Menschen kleine Gegen-
stände weg, einen Nagel, einen Schraubenzieher, eine
Patrone zum Beispiel, und legt dafür etwas hin: ein
Blatt, eine Feder, einen Kieselstein. Doch ein solches
Verhalten bei einem Tier ist außergewöhnlich, ja einzig-
artig.

Fast eine Woche ging Ivy ihren Beschäftigungen
nach, die sie mit der Zeit etwas lässiger handhabe, ohne
daß sich etwas Besonderes ereignet hätte. Morgens und
abends putzte sie sich die Zähne mit einer neuen Zahnbürste und einer neuen Tube Zahncreme, die sie in Re-
serve hatte.

Am siebten Tag verschwand ihre Seife, dafür lag ein
hübsches Stück Glimmerschiefer da. Ivy bemerkte es
mittags, als sie zum Essen in ihr Lager kam. Sie preßte
die Lippen zusammen. Sie sah forschend um sich, ging
dann in die Hocke und musterte eine ganze Weile den
Boden. Auf der trockenen Erde waren keine Spuren zu
sehen und im Gras schon gar nicht. Ivy stand wieder auf

und ging in das Wohnzelt, dort legte sie das Stück Glimmer neben den schimmernden Pinienzapfen und die lange rote Feder. Sie inspizierte das Wohnzelt, dann das andere Zelt, das ihr als Vorratslager und Fotolabor diente und in dem Abzüge mit Holzklammern an einer Wäscheleine zum Trocknen hingen. Ivy ging wieder hinaus und brachte das meiste von dem, was sonst immer draußen herumlag, in die Zelte. Sie sah nach den Lebensmitteln, die auf Gestellen unter Planen lagerten, verzog das Gesicht und zuckte mit den Schultern. Sie ging wieder in das Vorratszelt und kam mit Patronen und der merkwürdigen Bockbüchsflinte zurück, die einen abklappbaren Kolben hatte und für die Kaliber .22 und .410 eingerichtet war. Sie ging in nordöstlicher Richtung auf die Bäume zu. Sie trug Bluejeans und ein kariertes Baumwollhemd in den Farben Braun, Grün und Grau mit etwas Weiß. Es waren 25 Zentigrad (ungefähr 78° Fahrenheit), und einige niedrighängende Wolken trieben vorüber und zerrissen am Gipfel des Turquino, es konnte durchaus ein Gewitter geben.

Ivy ging unter den Bäumen im Kreis um ihr Lager und betrachtete dabei eingehend die Umgebung, inspizierte den Boden. Als sie einen Kreis abgesucht hatte, ging sie den nächsten, größeren.

Manchmal traf sie auf die Spur eines Nagers oder eines Schweins und merkte sie sich genau. Im Geäst saßen zahlreiche Vögel. Aber es waren keine Spuren von Menschen auf dem trockenen Boden zu entdecken.

Bis zum Abend umrundete Ivy langsam und systematisch in immer größeren Kreisen oder eher Ellipsen ihr Lager. Im Süden blieb sie jedoch immer ziemlich in der Nähe der Zelte, denn auf dieser Seite ging der abschüssige Hang in Fels über, und fiel schwindelerregend tief steil zum Meer hin ab.

Ivys Erkundungen verliefen völlig ergebnislos. Sie kehrte wieder zu ihrem Lager zurück, um zu essen. In jener Nacht schlief sie im Wohnzelt mit ihrer Pistole unter ihrem aufblasbaren Gummikopfkissen. Am nächsten Morgen ging sie, nachdem sie die Verschlußschnüre an ihren Zelten sorgfältig verknotet hatte, den *guajiro* Martin Guzman Gallego besuchen, der einige Kilometer entfernt ein Stückchen Land bewirtschaftete und fünf oder sechs Tiere hielt. Ein etwa fünfzigjähriger Mann mit sehr lockigem grauschwarzen Kraushaar, einem schönen Kopf mit schmalen Lippen, braunen Augen, hellem, jedoch gebräuntem Teint, bekleidet mit einer zu kurzen blauen Leinenhose und einem olivgrünen Nylonhemd. Er hatte dreißig Jahre als Zuckerrohrschneider am Fuße der Maestra gearbeitet, war dann Witwer geworden und hierhergekommen, um sein eigener Herr zu sein. Es reichte kaum zum Leben. Er wollte Ivy sofort eine Flasche Rum verkaufen, doch sie lehnte höflich ab. Sie tranken übertrieben würdevoll Kaffee. Ivy fragte Martin Guzman Gallego, ob er kürzlich Fremde im Gebirge gesehen hätte oder etwas, was auf die Anwesenheit von Fremden hinweisen könnte oder sonst irgend etwas Ungewöhnliches. Sie verständigte sich etwas ungeschickt und ein bißchen stockend. Außer Französisch konnte sie gut Englisch, ziemlich gut Spanisch und mittelmäßig Deutsch. Mit einiger Mühe konnte sie einen Text oder Gesprochenes aus dem Italienischen deuten. Sie mußte den *guajiro* bitten, die soeben gegebene Antwort zu wiederholen; denn der kubanische Akzent ist schwer für jemanden zu verstehen, der in der Schule nur kastilisches Spanisch gelernt hat. Martin Guzman Gallego wiederholte langsam und deutlich, daß es im Gebirge keine Fremden und auch sonst nichts Ungewöhnliches gebe.

«*Tienes miedo*, du hast Angst», sagte er und blickte auf die Colt-Pistole .45, die Ivy an der linken Hüfte mit dem Griff nach vorn in einem khakifarbenen Segeltuchholster trug.

Sie sagte, sie habe keine Angst, wechselte noch einige Worte mit dem *guajiro*, ging dann, nachdem sie ihm für die Zeit, die er durch sie verloren hatte, fünf Dollar gegeben hatte. Er machte sich sofort wieder daran, sein Stückchen Land zu hacken. Ivy kehrte in ihr Lager zurück. Es gab keinerlei Anzeichen dafür, daß jemand dort eingedrungen war. Sie aß zu Mittag und ging dann mit zwei Fotoapparaten und ihrem Fernglas wieder weg. Nachdem sie eine Viertelstunde in nordöstlicher Richtung durch den Wald gelaufen war, bog sie im rechten Winkel ab und versteckte sich am Hang des Turquino. Von hier aus hatte sie einen guten Blick auf die beiden Zelte und die Lichtung ringsherum. Sie beobachtete das Lager mit dem Fernglas. Den ganzen Nachmittag tat sie nichts anderes, legte nur manchmal das schwere Fernglas ab, weil ihr die Unterarme lahm wurden. Abends kehrte Ivy zurück. Sie hatte einen Tag verloren. Dennoch machte sie kein mürrisches Gesicht. Sie schien über ein aufregendes Problem nachzudenken. Ein eigenartiger Ausdruck, den sie in unerwarteten Augenblicken bekam: Im Krieg hatte sie manchmal dieses Gesicht gehabt.

Ivy verbrachte den ganzen nächsten und übernächsten Tag damit, von dem Beobachtungsposten, den sie sich am Hang des Turquino gesucht hatte, ihr Lager zu überwachen. Es waren zwei ereignislose, nur von einem heftigen kurzen Tropengewitter unterbrochene Tage. Der ernste angespannte Gesichtsausdruck der jungen Frau verschwand, sie wirkte nun abwesend und müde. Am folgenden Tag ging sie wieder in der Natur ihrer üblichen Fotoarbeit nach. Doch sie ließ nichts mehr draußen liegen, was in die Zelte geräumt werden konnte, und band sorgfältig alle Verschlüsse zu. Und sie trug an ihrer Hüfte weiterhin die Colt-Pistole, obwohl sie mehr als 1200 Gramm wog.

Wieder verging über eine Woche, in der Ivy vor allem viele Aufnahmen von dem kubanischen Trogon machte, der normalerweise nicht hier, in dieser Höhe anzutreffen war, sondern eigentlich nur im tropischen Regenwald in den Niederungen und am Meer, unweit der Alligatoren.

Dann kam sie eines Tages kurz vor der schnell hereinbrechenden Dämmerung zurück und bemerkte, daß die Verschlüsse des Wohnzelts aufgeknotet herunterhingen. Man hatte ihr *Vanity Row* von William Riley Burnett gestohlen, ein Paperback, das sie sehr mochte. Anstelle des kleinen Bändchens lag auf dem kleinen Brett zwischen *Red Harvest* von Dashiell Hammet und *Louis Beretti* von Donald Henderson Clarke die blaßgrau gesprenkelte blaßgelbe Blüte einer Orchidee. Ivy biß sich mit ihren schönen Zähnen auf die Unterlippe. Sie legte ihre Ausrüstung ab, aber nicht die Pistole, und untersuchte wieder den blanken Boden vor ihren Zelten, doch es wurde schon dunkel. Ivy aß gedankenverloren von ihrer Marschverpflegung, sie saß auf einem Hackklotz an dem Tisch, den sie gezimmert hatte, darauf stand eine Butangaslaterne. Nach dem Essen ging sie mit der Laterne in das Vorratszelt und überprüfte ihre Ausrüstung. Sie faßte dazu aber die Sachen nicht einzeln an.

Mit dem Butangas für die Laterne mußte gespart werden. Morgen würde es wieder hell werden. Ivy wusch sich und ging in das Wohnzelt schlafen. Sie lag lange reglos im Dunkeln und konnte nicht einschlafen. Doch schließlich kam der Schlaf.

Am Morgen bastelte Ivy nach dem Waschen und Essen im Lagerzelt eine Vorrichtung. Sie brachte sie so in dem Wohnzelt an, daß der Eindringling vorn am Eingang die Lichtschranke einer Fotozelle durchbrach, was ein Blitzlicht und den Auslöser einer mit einem Weitwinkelobjektiv ausgestatteten Leica auslösen würde. Die Zelle und die daran gekoppelte Auslösemechanik für die Vorrichtung wurden von zwei 5-Volt-Batterien gespeist. Ivy hatte das Material mitgebracht, weil sie annahm, sie könnte damit das eine oder andere scheue Tier fotografieren. Doch sie hatte bisher noch keinen Gebrauch davon gemacht.

Das war an einem Dienstag. Als Ivy Freitag gegen 17.30 Uhr von ihrer Runde durch das Gebirge zurückkam und einen Blick in das Wohnzelt warf, das sie nun nicht mehr zuschnürte, sah sie sofort, daß das Blitzlicht gezündet hatte.

Sie klemmte die elektrische Leitung von der Vorrichtung ab. Ohne sich weiter zu bewegen, sah sie prüfend in das Zeltinnere, stellte aber keinen Diebstahl fest. Doch an ihrem Schlafplatz lag auf dem aufblasbaren Kopfkissen ein entrindeter Holzknüppel wie ein schlummernder Zwerg. Ivy runzelte die Stirn, wiegte den Kopf hin und her und schüttelte dabei ihr halblanges schwarzes Haar. Ihre Haut wurde allmählich immer dunkler.

Sie nahm den Film aus der Leica und ging mit der Rolle in das andere Zelt. In dem Teil, der ihr als Labor diente und wie ein mit schwarzem Tuch verhangener

Katafalk aussah, schirmte sie sich ab und knipste eine batteriebetriebene Rotlichtlampe an. Im scharlachrot getönten Schatten schnitt sie den Anfang des Films mit einer Schere ab und rollte den restlichen Film zusammen, damit sie ihn wieder in den Apparat einlegen konnte. Sie steckte die gekürzte Rolle in eine Brusttasche ihres Militärhemds. Das abgetrennte Stück Film wurde mit einem Reagenz in einen dafür vorgesehenen Behälter gelegt, auf einer mechanischen Schaltuhr die Zeit eingestellt, und das Negativ war entwickelt. Mit dem Projektor, dem Fotopapier, den Lösungen und den zwei notwendigen Schalen stellte Ivy sofort einen Abzug her und schaute perplex auf das Bild, das sich im roten Schatten abzuzeichnen begann, wie jemand in einem ganz alten Film einen Geist anschaut, der ihm stumm entgegentritt.

Nachdem die Fotografin den Abzug fixiert hatte, verließ sie ihr Alkoven-Labor und befestigte die große feuchte Aufnahme mit zwei Holzklammern an der Wäscheleine.

Im Halbdunkel des Zeltes sah sie sich das Foto genau an. Der Eindringling war darauf abgebildet, jedoch etwas verschwommen und zu drei Vierteln abgewandt. Entweder war er rückwärts hereingekommen oder auf einem anderen Weg in das Zelt eingedrungen oder aber unter der Lichtschranke der Fotozelle durchgekrochen; auf alle Fälle schien er sich auf der Aufnahme eilig davonzumachen. Er war klein, kleiner als 1,50 Meter. Seine nackten Waden und Füße waren verschwommen, gehörten aber zweifellos zu einem Menschen. Der Kopf war ein einziges unklares Gebilde aus zotteligem Fell oder Haaren, die zerzaust nach allen Richtungen standen. Man konnte in etwa die Wölbung eines unbehaarten

Kinns erkennen. Der Körper war in eine Art riesiges T-Shirt gehüllt.

«Mist, mein Hemd», sagte Ivy.

Sie ging schnell in das Wohnzelt. Denn im Halbdunkel konnte man das Foto, während es noch trocknete, sowieso nicht genau begutachten. Ivy hob ihr aufblasbares Kopfkissen an. Das Nachthemd, das sie letzte Nacht getragen hatte, war verschwunden. Die junge Frau nahm den entrindeten Knüppel mit nach draußen in das Licht des späten Nachmittags. Die Hand eines ungeschickten oder wilden Menschen hatte, vermutlich mit einem Feuerstein, Löcher hineingebohrt und Stellen abgeschabt, die man als Augen, Nase, Mund deuten konnte und weiter unten vielleicht ein Geschlechtsorgan, anscheinend weiblich. Ivy drehte den Knüppel in ihren Händen. Auf dem Rücken des Fetischs waren krakelige Buchstaben eingeritzt. Dort stand: NEGRA.

Am nächsten Morgen, während sie sich gerade wusch, stockte Ivy einen Moment und blickte auf den dünnen Wasserstrahl, der aus dem über ihr aufgehängten Schlauch lief. Dann schüttelte sie sich prustend und drehte schnell den kleinen Hahn zu, noch bevor sie sich abtrocknete. Denn Wasser ist kostbar, besonders dann, wenn man es aus einiger Entfernung holen und den Rückweg mit fünfzig Litern auf den Schultern antreten muß. Tiere tragen kein Wasser durch die Gegend. Die Primitiven auch nicht, wenn sie eine Wasserquelle in der Nähe haben, wo sie trinken und baden können. Ivy zog die Bluejeans und das Hemd vom Vortag wieder an. Sie wusch ihre Wäsche alle acht bis zehn Tage, trug zwei oder drei Tage hintereinander dasselbe Hemd oder ein bis zwei Wochen dieselben Bluejeans. Nach den Kriterien von Sauberkeit und Körperhygiene, die sich

94

1956 in den USA allmählich durchsetzten und gerade dabei waren, auf dem Weg über die Zeitungen und im Interesse der Waschmittelproduzenten, Parfümhersteller und Chemiker auch Europa zu erobern, war Ivy ein Schmutzfink in der Maestra.

Mit ihrer Colt-Pistole .45 an der linken Hüfte, zudem mit ihrem Fernglas ausgestattet, mehreren Schwarzweiß-filmen 800 ASA und einem 6 x 6 Hasselblad-Fotoapparat mit einem 200mm-Teleobjektiv, verließ die braungebrannte junge Frau um 8.10 Uhr ihr Lager in südöstlicher Richtung. Sie kam zu dem nahegelegenen Wasserlauf, an die Stelle, wo er über den Hang floß, der aus schwindelerregender Höhe steil zum Karibischen Meer hin abfiel, so daß der kleine Wildbach zwischen den schiefen Pinien Hunderte von Metern tief als Wasserfall hinabstürzte. Ivy bog in nordöstlicher Richtung nach links ab, ging stromaufwärts. Große, durch Erosion glattgeschliffene Steine türmten sich in dem Flußbett, das von sandigen oder schlammigen Uferabschnitten gesäumt war. Tierspuren waren zu sehen. Ivy betrachtete sorgfältig alle Spuren. Sie blieb eine ganze Weile zwischen Felsen versteckt auf der Lauer. Nach einer Stunde sah sie vier schwarze borstige Schweine, sie kamen, um zu trinken, durchquerten den Bach und verschwanden zwischen den Pinien. Als sie durchs Wasser liefen, bildete sich für kurze Zeit eine weiße Schlammwolke in dem fließenden Wasser. Ivy wartete noch etwas und ging dann weiter flußaufwärts, betrachtete die Spuren auf beiden Seiten, betrachtete das Wasser, suchte soweit wie möglich den Oberlauf ab, drehte sich manchmal um, beobachtete den Unterlauf.

Sie kam zu der Stelle, wo sie sich sonst immer ihren Wasservorrat holte. Sie ging daran vorbei. Ihre Ausrüstung wurde ihr allmählich etwas schwer. Wie immer waren viele Vögel da, und sie entdeckte auch große interessante Eidechsen und eine ziemlich große rotbraune Schlange. Die wäre ein Farbfoto wert gewesen. Ivy wollte sie sich aus der Nähe ansehen, doch sie war ganz schnell verschwunden.

Um 11.50 Uhr stand Ivy wieder in dem Versteck und wieder kamen Wildschweine und tranken Wasser, doch plötzlich bekam eins einen 60 Zentimeter langen Pfeil ins Herz.

13

Ivy preßte sich noch mehr an die runden Felsen, wo sie auf der Lauer lag, und machte mehrere Aufnahmen von dem fast nackten Mann, der kam, nachsah, wo der Pfeil steckte und sich das schwarze Schwein auf die Schultern lud, nachdem die anderen Schweine geflüchtet waren.

Der Mann war um die Dreißig oder etwas älter. Er war groß, breitschultrig, hatte ein kantiges Gesicht, ein kräftiges Kinn, fleischige Lippen, eine gerade Nase zwischen hohen Wangenknochen. Die Augen waren weder dunkel noch besonders hell. Ivy sah ihn mit dem 200 mm-Teleobjektiv ziemlich nah vor sich. Er hatte eine breite Stirn unter einer strohblonden, ungepflegten Lockenmähne, die ihm bis über die Ohren ging. Er war athletisch, gut gebaut und dunkel gebräunt. Sein Bogen war etwas größer als er. Eine Aluminiumwaffe mit einer Nylonsehne. Außerdem trug der Jäger auf dem Rücken einen Köcher aus verblichenem beigefarbenen Segeltuch mit sieben oder acht langen Pfeilen, deren Fiederung man sehen konnte, sowie am rechten Schenkel seiner zerlumpten Shorts ein sehr langes Messer in einer Segeltuchhülle, irgendeine Art Buschmesser, dessen

Klinge aber gekrümmter zu sein schien als bei einer *machete*.

Zwischen seiner linken Brustwarze und dem Schlüsselbein war eine völlig weiße, runde Narbe zu erkennen, etwa so groß wie ein 50-Cent-Stück. Als sich der Jäger mit dem schwarzen Schwein auf den Schultern umwandte, sah Ivy seinen Rücken und auf dem Rücken links wucherndes grauweißes Narbengewebe von der Größe einer kleinen Tomate. Bestimmt war dieser Mann früher von etwas durchbohrt worden, wahrscheinlich von einer Kugel in einem fürchterlichen Kaliber, 9 mm oder 11,43, irgendwas um den Dreh. Er ging mit dem erbeuteten Schwein über den Schultern in Richtung Nordwesten, immer am Bach entlang, erklomm den Hang des Turquino, und Ivy ging sofort hinter ihm her.

Da der Jäger dem Lauf des Baches folgte, anstatt den Weg durch den Wald abzukürzen, bestand für Ivy keine Gefahr, ihn aus den Augen zu verlieren. Aber ebensogut konnte er sie bemerken, wenn er sich umdrehte. Sie ließ ihm einen Vorsprung. Doch plötzlich war er verschwunden. Ivy blieb stehen und lauschte. Es war vollkommen windstill. Sie hörte, daß sich in einiger Entfernung im Gebüsch etwas bewegte und ging zu dieser Seite. Der Jäger bewegte sich unbekümmert, ohne Furcht und ohne besondere Vorsicht. Wenn Ivy ein gewiefter Fährtenleser in einem jener Hollywoodwestern gewesen wäre, die sie so gern mochte, hätte sie sich an den von dem Mann hinterlassenen Spuren orientieren können, denn er knickte auf seinem Weg Äste ab, und das erlegte Schwein blutete, so daß der Oberkörper des Bogenschützen mit roten Schlieren überzogen war und hier und da Blutsprenkel auf den Steinen am Hang zurückblieben. Doch das Geräusch reichte der jungen Frau, und schon bald sah sie den Jäger wieder zwischen den Bäumen und hielt sich von da an in mäßiger Entfernung von jenem Unbekannten, der sich nicht umdrehte.

Nachdem er einen immer steiler werdenden Hang erklommen hatte, trat der Bogenschütze auf eine winzige Lichtung. Er legte das tote Schwein auf dem Boden ab. Ivy blieb hinter dem Stamm einer Pinie stehen. Der Jäger zog dem schwarzen Schwein den Pfeil aus dem Herzen. Aus einem niedrigen Unterschlupf aus Ästen, Erde, Gras und Steinen, der so perfekt zwischen Bodenwellen angelegt war, daß man ihn fast nicht davon unterscheiden konnte, kam ein sehr junges, sehr schmutziges Mädchen, ging zu dem Mann, hockte sich neben das Schwein, legte den Zeigefinger in die Wunde des Tieres und lutschte dann genüßlich an seinem blutigen Finger.

Die Kleine war vielleicht zwölf oder dreizehn Jahre alt und trug Ivys Nachthemd, das sie gestohlen – oder ausgetauscht – hatte. Ihre lockigen, schwarzen Haare waren ganz zerzaust und offensichtlich dreckig; sie hingen ihr ins Gesicht, fielen ihr über die Schultern und reichten bis zu den Schulterblättern. Auf der stark gebräunten Haut war selbst aus fünfzig Metern Entfernung noch der Schmutz im Gesicht zu erkennen, ebenso wie auf den Händen, den Unterarmen, den Beinen, ihre nackten Füße waren völlig verdreckt. Die Vorderseite des Nachthemds hatte schon Flecken, offensichtlich vom Essen. Dafür hatte das Mädchen das Kleidungsstück aber mit einem wahrscheinlich aus Pflanzen geflochtenen Strick als Bindegürtel versehen und trug eine Halskette aus Holzplättchen, die auf eine Schnur – vielleicht Nylon – aufgefädelt waren.

Der Jäger häutete das Schwein ab. Er legte die Haut über Steine, löste das Fleisch von den Knochen des

Tieres und vierteilte es. Sein sehr großes Messer war ein Parang. Ivy hatte 1950 Parangs gesehen, in Malaysia, als sie aus der General-Dufour-Schule fortgelaufen war, um die Guerilla und die Kontra-Guerilla zu fotografieren. Mit dem Parang zerteilte der Jäger das Fleisch ganz leicht. Das sehr junge Mädchen im Hemd sah ihm einen Augenblick lang zu und beugte sich zweimal vor, um etwas Blut zu schlürfen. Es tropfte ihm über das Kinn und die Kleidung, als es sich wieder aufrichtete. Momentan beobachtete Ivy das Geschehen durch das 200mm-Objektiv der Hasselblad und sah, daß das Mädchen unter der Dreckschicht ein zartes und vielleicht intelligentes Gesicht hatte. Da riß das Naturkind einen Muskel aus dem Gerippe des Schweins und aß ihn roh. Ivy runzelte die Stirn.

«*Filthy, Negra! You're filthy!*» meinte der Mann daraufhin (was soviel hieß wie: «Eklig, Negra! Du bist eklig!»).

«Es ist Zeit zu essen», erwiderte das Naturkind auf Englisch, Ivy sah auf ihre Uhr und stellte fest, daß das kleine Mädchen recht hatte, es war 12.55 Uhr.

«Ach, scheißegal», murmelte Ivy, ging aus ihrem Versteck, vergewisserte sich unwillkürlich, ob ihre Colt-Pistole noch am Gürtel steckte, legte dreißig oder vierzig Meter zurück und trat auf die Lichtung, vor den Bogenschützen und die besagte Negra, die sie ohne besondere Verwunderung ansahen, und meinte: «Hallo. Laden Sie mich zum Mittagessen ein?»

14

Der Jäger ließ von seiner Arbeit ab und ging zwei Schritte auf Ivy zu. Sein rechter Arm hing an der Seite seines gebräunten Körpers herunter, seine Hand hielt den Parang, die mit Schweineblut beschmierte Klinge war gut dreißig Zentimeter lang. Ivy sah dem Mann in die stahlgrauen Augen. Sein Blick war leer. Die rechte Hand der Fotografin griff zur linken Hüfte und zog die Colt-Pistole .45, die sich auf den muskulösen Bauch des Jägers richtete. Die Kleine schnellte hoch, lief aber nicht weg. Der Mann stockte und lächelte unsicher. Er war zwei Meter von Ivy entfernt. Die Klinge des Parang begann leicht zu schwingen und glänzte an den Stellen, wo das Metall keine Blutschlieren hatte, in der Sonne.

«Ich komme in friedlicher Absicht», erklärte Ivy, was wie aus einem Indianerbuch klang. «Aber seien Sie doch bitte so nett und legen Sie Ihre Klinge weg.»

Langsam steckte der Jäger den Parang wieder in die Segeltuchscheide an seinem rechten Schenkel. Sein Schenkel war riesig und ziemlich behaart, doch die blonden Haare waren fast farblos, ebenso wie die Augenbrauen des Mannes.

«Gut», gab Ivy zu. «Ich nehme mal an, das dürfte reichen.»

Der Jäger lächelte etwas, trat zwei Schritte vor und entriß Ivy die Pistole. Er schaute sie sich an, lachte lautlos, entsicherte sie und ließ den Verschluß nach vorn schnellen, dadurch wurde die Waffe geladen und dem Patronenlager eine Patrone zugeführt. Als der Lauf der Pistole auf den Boden gerichtet war, trat Ivy dem Mann in die Eier. Er stieß einen Schmerzensschrei aus und klappte zusammen. Mit einem Kniestoß unters Kinn schlug Ivy seinen Kopf wieder hoch und versetzte ihm einen Handkantenschlag unter die Nase. Der Jäger fiel zu Boden und rollte sich seitlich ab, dabei ließ er die Colt-Pistole los, zog die Knie an, um seinen Unterleib zu schützen, umklammerte seinen Hoden mit beiden Hän-den, knirschte mit den Zähnen, brummte vor Schmerz, Tränen rannen ihm aus den Winkeln seiner fest ge-schlossenen Augen. Er wälzte sich langsam im Staub, auf den Steinen und im Sand. Sand klebte an seinem nackten, schweißnassen Rücken. Ivy hob die Colt-Pi-stole .45 auf, ließ die Waffe entsichert und den Hahn gespannt.

Das Mädchen mit Namen Negra war inzwischen in die niedrige, mit Erde und Zweigen getarnte Hütte ge-stürzt. Es kam mit einem Winchester-Karabiner .30-30 wieder heraus, spannte den Hahn, legte den Schaft auf seiner Hüfte auf, zielte mit der Waffe auf Ivy und schoß. Ivy hörte das Zischen in der Luft, als ihr die Kugel 15 oder 20 Zentimeter am rechten Ohr vorbeiflog. Im Reflex gab sie mit der .45er einen Schuß in die Luft ab, rannte dann so schnell sie konnte zu den nächsten Bäumen und ging so gut wie möglich hinter einem Pinienstamm in Deckung. Eine .30-30-Kugel schlug in den Stamm ein.

«Hört mit den Dummheiten auf», brüllte der am Boden liegende Mann mit schmerzverzerrter Stimme. «Feuer einstellen! Das ist ein Mißverständnis. Und außerdem», fügte er in festerem Tonfall hinzu, «ist Munition kostbar, hört auf, sie zu verschwenden. Negra, bring den Karabiner weg, das Fräulein ist nett, es hat mir nicht weh getan.»

Bemerkenswert folgsam verschwand Negra sofort mit dem Winchester in der Hütte und kam ohne wieder heraus.

«Das Fräulein ist vielleicht nett», sagte sie. «Doch es hat dir weh getan. Aber es ist dein Fehler, du wolltest ihm den Revolver klauen.» (Negra sprach Englisch mit leichten Akzent, dem gleichen wie der Mann, vielleicht ein nordeuropäischer Akzent.) «Hast du nichts gebrochen?»

«Das ist kein Revolver, das ist eine Pistole», belehrte sie der Mann, der wieder aufstand und dabei noch etwas das Gesicht verzog; er rief Ivy zu: «Wollen Sie zu uns kommen? Jetzt reicht es.»

Ivy verließ zögernd ihre unsichere Deckung. Einen Augenblick hielt sie noch respektvoll Abstand und behielt den Jäger und das Mädchen im Auge. Schließlich sicherte sie die Colt-Pistole, steckte die Waffe in das Holster zurück und kam zurück zur Mitte der Lichtung. Der Mann hielt ihr die Hand hin.

«Ich heiße Victor», sagte er.

Er war so zuvorkommend, wie man es sein kann, wenn man nur mit zerlumpten Shorts bekleidet ist.

«Ich heiße Marie, werd aber Ivy genannt», sagte die Fotografin und drückte die ihr entgegengestreckte Hand. (Der Mann hatte eine kräftige Hand, doch er demonstrierte seine Stärke nicht: sein Händedruck war fest, aber nicht übertrieben.) «Ich bin Fotografin und verbringe einige Zeit im Gebirge, um Tiere und Pflanzen zu fotografieren.» (Sie drehte sich zu dem Mädchen und hielt ihm die Hand hin.) «Guten Tag, Negra», sagte sie, und Negra schüttelte ihr die Hand, ohne etwas zu sagen, wich zurück und starrte sie ununterbrochen an.

«Bei uns», murmelte der Jäger zögernd, «könnte man vermutlich sagen, wir machen Camping. Wollen Sie sich setzen?» (Sie setzten sich auf flache Felsbrocken.) «Zünd das Feuer an», befahl der Mann, der sich Victor nannte, dem Mädchen mit Namen Negra und sagte zu Ivy: «Sie haben gerade von Mittagessen gesprochen. Sie sind willkommen.»

«Danke», sagte Ivy und warf einen scheelen Blick auf das blutige Gerippe des Wildschweins.

Victor lachte ein wenig.

«Nein, nein», sagte er. «Negra hat heute morgen ein ausgezeichnetes Ragout vorbereitet, es muß nur noch mal aufs Feuer gesetzt werden. Wir essen manchmal rohes Fleisch, das ist nicht schädlich, auch wenn die Vorurteile was anderes sagen. Aber Sie werden Ragout bekommen. Möchten Sie in der Zwischenzeit einen kleinen Rum?»

«Nein, danke.»

«Ich hab leider keine Zigaretten.»

«Ich hab welche», sagte Ivy, die sofort ein offenes Päckchen kubanische Zigaretten hervorholte und es Victor hinhielt; der schüttelte lächelnd den Kopf; sie steckte ihre Zigaretten weg, ohne sich eine zu nehmen.

Negra hatte zwischen Steinen ein ganz kleines Feuer gemacht. Darüber hatte sie eine Art Gerüst aus entrindeten geschwärzten Ästen aufgestellt, an dem nun ein Kochtopf hing. Negra sorgte dafür, daß das kleine Feuer nicht ausging, legte ständig trockene kleine Holzstücke nach, auf diese Weise entstand sehr wenig Rauch, von weitem war nichts zu sehen.

«Ihre Tochter?» fragte Ivy und wies mit dem Kopf auf Negra.

«Nein. Sie ist mir vor langer Zeit anvertraut worden.» (Victor wählte seine Worte mit Bedacht, aber nicht mehr so zögerlich wie zuvor.) «Sie ist Waise. Sie hat niemanden mehr. Entweder ich oder das Waisenhaus. Ich mag keine Waisenhäuser.»

«Ich auch nicht», sagte Ivy sehr entschieden.

Die grauen Augen des Mannes sahen sie einen Augenblick forschend an.

«Doch ich führe das Leben eines Wilden», sagte er. «Ich mag keine Zivilisation, keine Städte, Autos, Fabriken, Büros, Arbeit. Ich geh nicht gerne arbeiten. Ich hab ein bißchen in der Stadt gelebt, als ich angefangen hab, mich um Negra zu kümmern. Doch dann sind wir im Dschungel gewesen. Wir haben mit Eingeborenen gelebt. Meistens haben wir allein gelebt. In der Maestra sind wir seit zwei Jahren. Allein.»

Victor warf einen Blick zu Negra hinüber, die das Ragout umrührte.

«Ich bringe ihr bei, was ich von der Welt weiß», sagte er. «Das ist keine sehr gute Ausbildung, jetzt, wo sie groß wird. Sie ist dreizehn. Bald wird sie eine junge Frau sein. Es ist nicht gut für eine junge Frau, immer allein mit mir zu leben.» (Er betrachtete ernst Ivys Gesicht, dann ihren Oberkörper, dann ihre Beine, dann nahm er den Kopf wieder hoch und lächelte verlegen.) «Und», sagte er, «es ist nicht gut für mich, immer mit ihr allein zu sein.»

«Zum Essen kommen!» rief das Mädchen.

Zum Essen setzte man sich mit Holznäpfen auf Steine und benutzte die Finger. In Scheiben geschnittene Schlange, Eidechsenschenkel, Bananenscheiben, Wildkartoffeln, Ivy hatte schon einige Male noch ausgefallenere Dinge gegessen, aber nicht sehr oft. Victor beobachtete sie verstohlen, als sie ihren ersten Bissen in den Mund nahm.

«Ausgezeichnet», beteuerte sie überaus höflich.

«Ich hab alles selbst gemacht», erklärte Negra stolz, mit vollem Mund. «Ich hab die Tiere gefangen, das Gemüse gesammelt, das Essen gekocht, alles. Und Kräuter hab ich reingetan.»

«Bravo», sagte Ivy.

«Haben Sie in Südostasien gelernt, sich zu verteidigen?» fragte der Mann.

«Ich hab vor allem in Frankreich gelernt, mich zu verteidigen, als ich noch ganz klein war. Und dann haben mir Engländer einige Stunden in *close combat* gegeben. Und in Siam, ja, da hab ich ein bißchen Taiboxen gemacht, das stimmt. Aber das Wichtigste hab ich gelernt, als ich ganz klein war, auf meine Weise.»

«In diesem Alter nimmt man gute Gewohnheiten an», sagte Victor. «Oder schlechte. Deshalb mach ich mir Sorgen um Negra. Sie hat viele Sachen mit mir zusammen gelernt. Gute Sachen, glaub ich. Aber es gibt vieles, was sie noch nicht gelernt hat. Sehen Sie doch nur, wie schmutzig sie ist.»

Negra kaute, es kümmerte sie nicht, was geredet wurde.

«Hab ich gesehen», sagte Ivy. «Aber wo liegt denn das Problem? Können Sie ihr nicht beibringen, sich zu waschen?»

«Ich hab sie immer gewaschen. Jetzt hab ich aufgehört, und sie will es nicht allein machen.»

«Verflixt noch mal, dann baden Sie sie doch!»

«Ich hab zu lange gewartet, jetzt ist sie zu groß», sagte der Mann. «Sie möchte, daß ich sie überall abrubbele. Das wäre nicht gut. Verstehen Sie?»

«Dazu müßte ich vielleicht erst Professor Doktor Freud befragen», sagte Ivy. «Aber ich glaube, ich verstehe, ja.»

«Sie!» rief Victor plötzlich.

«Ich? Was, ich?»

«Würden Sie sie bitte baden?»

Ivy sah ihn perplex an, dann starrte sie Negra an, die nicht mehr kaute und ihren Blick erwiderte. Das Mädchen hatte ein dreieckiges Gesicht mit hohen Wangenknochen, eine kleine, sehr gerade Nase, kohlschwarze Augen. Das Gesicht war vollkommen mit Dreck, Staub, Soße und Blut verschmiert. Es lächelte, und entblößte seine sehr regelmäßigen, gelben Zähne. Über die Zahnbürste und die anderen gestohlenen Gegenstände war nicht gesprochen worden.

«Negra», fragte Ivy, «möchtest du, daß ich dich bade?»

«Ja», sagte die Kleine. «Ich bin ganz eklig. Ich will, daß du mich badest und mich überall abrubbelst.»

15

Inzwischen war es September geworden, und Ivy und Negra badeten fast jeden Tag. Victor hatte in dem kleinen Wildbach eine Art halbkreisförmige Sperrmauer errichtet, die das Wasser nicht staute, sondern nur den Lauf verlangsamte und ein klares Becken schuf, über das kleine Wellen hinwegschwappten. Ivy hatte dem Mädchen beigebracht, sich selbst zu waschen und Seife zu benutzen, sich die Zähne mit der vor kurzem gestohlenen oder «getauschten» Zahnbürste zu putzen. Auch die Wäsche wurde in dem kleinen Bach gewaschen. Außer dem Nachthemd besaß Negra noch zwei sehr abgenutzte Hemden, drei von der Sonne und vom vielen Tragen ausgeblichene Badehosen, ein Paar ungetragene schwarze katalanische Espadrillos. Sie ging lieber barfuß.

So blitzblank wie ein neues Geldstück und frisch angezogen war Negra ein bezauberndes Kind. Sie hatte es sich angewöhnt, Ivy sehr oft zu begleiten. Mit Hingabe widmete sie sich den Schätzen in den beiden Zelten der Fotografin. Sie gab Ivy die Bücher zurück, die sie ihr weggenommen hatte, und bekam dafür von Ivy einen breiten Ledergürtel mit einer großen Metallschnalle. Ivy fragte Negra, ob sie die beiden gestohlenen Bücher gelesen hätte.

«Ich lese nicht sehr gut», sagte Negra.

Ivy ließ sie eine Seite lesen. Negra konnte zwar lesen, aber schlecht. Künftig ließ Ivy sie regelmäßig lesen. Allmählich verlor das Mädchen seine Unsicherheit.

Sehr oft begleitete sie Ivy, wenn die junge Frau in den Wald ging, um zu fotografieren. Negra konnte auch anhand geringster Fährten Tiere aufspüren und sich ihnen im Windschatten mit außerordentlicher Geduld nähern. Sie brachte Ivy ihre Aufmerksamkeit und ihre Geduld bei. Dann wieder tauchte Negra den ganzen Tag über oder zwei Tage lang nicht auf. Victor blieb fast immer unsichtbar. Ivy stieg nicht mehr zu der Behausung des Jägers und des Mädchens hinauf. Negra kam herunter, um sie besuchen, wenn sie Lust dazu hatte, das heißt ziemlich oft.

Einmal, zwei oder drei Kilometer westlich vom Lager, als Negra sich einem Papageien näherte, der sie verdutzt ansah und nicht wegflog, zückte Ivy ihre Leica und wollte das wilde Kind und den Vogel aufnehmen. Da bekam sie plötzlich einen Schlag gegen die Schulter, stolperte und wäre beinahe hingefallen, während der Papagei schreiend davonflog. Erstaunt und verärgert sah sie Victor an, der aus dem Nichts aufgetaucht war.

«Entschuldigen Sie», sagte er höflich. «Aber Negra darf nicht fotografiert werden.»

«Warum? Wo kommen Sie überhaupt her?»

«Weil es Leute gibt, denen es mißfallen würde, welche Erziehung sie erhält. Für sie gehört eine junge weiße Australierin in die Schule oder ins Waisenhaus. Ich nehme an, Sie machen ein Foto für Ihre Sammlung. Aber wer weiß, wo es eines Tages landen wird? Ein Naturkind spricht mit einem Vogel im Wald, das ist, wie soll ich sagen? ... Das ist poetisch. Sie könnten es veröffentlichen. Negra könnte wiedererkannt werden.»

«Aber welche Leute?» rief Ivy wütend. «Gibt es Leute, die Sie suchen, oder was?»

«Ich bin nicht ihr gesetzlicher Vormund.»

«Ihr gesetzlicher Vormund sucht sie?»

«Sie hat keinen gesetzlichen Vormund.»

«Aber wovor, Herrgott noch mal, haben Sie Angst?»

«Einfach vor Regierungen, Verwaltungen.»

«Das ergibt doch alles keinen Sinn», stellte Ivy ruhig fest.

Victor zuckte mit den Schultern.

«Sie wissen nicht, wozu manche Leute fähig sind», sagte er und zuckte wieder mit den Schultern. «Aber na ja, nehmen wir mal an, daß ich daraus eine Frage des Prinzips mache. Nehmen wir an, daß ich ein absoluter Anarchist bin. Ich will nicht riskieren, auch nur den geringsten Kontakt mit der Zivilisation zu haben.»

«Das ist kein Anarchismus, das ist Unsinn», seufzte Ivy. «Das ergibt doch alles keinen Sinn», wiederholte sie. «Aber gut, eigentlich ist es mir scheißegal. Ich hätte bloß gern, daß Sie nicht wieder aus dem Nichts auftauchen und mir gegen die Schulter hauen. Wegen Ihnen hätte ich beinahe einen Herzinfarkt gekriegt.»

«Entschuldigen Sie», sagte der Mann wieder. «Ich war in der Nähe. Ich bin Ihnen gefolgt. Ich hab gesehen, was Sie tun wollten...» (Er machte mit beiden Händen eine bedauernde, fatalistische Geste. Er hatte seinen Bogen über der Schulter, seine Pfeile in seinem Köcher auf dem Rücken, seinen Parang am rechten Schenkel.) «Ich wollte Ihnen keine Angst machen.»

«Oh, nicht so schlimm», fauchte Ivy großschnäuzig,

«in solch einer Situation hab ich schon mal das Geschoß aus einem Granatwerfer abbekommen.»

«Ja, Sie sind eine starke Frau», bestätigte Victor mit nachdenklichem Gesicht. «Ich gehe jetzt jagen. Machen Sie bitte niemals Fotos von Negra. Danke.» (Er wandte sich ab.)

«Und Sie?» rief Ivy ihm hinterher. «Darf ich Sie denn fotografieren?»

«Auch nicht», sagte Victor, der wegging und sich nicht umdrehte.

Negra nahm oft ihre Mahlzeiten im Lager zusammen mit Ivy ein. Trockenobst aß sie besonders gern. Einige Male brachte sie geräuchertes Fleisch mit. Sie unterhielten sich. Die Kleine hatte ihre frühe Kindheit in Australien vollkommen vergessen. Soweit sie sich erinnern konnte, meinte sie, habe sie mit Victor im Dschungel gelebt, in Ländern, deren Namen sie nicht genau wußte: vielleicht das Malaiische Archipel, wahrscheinlich Brasilien und seit einiger Zeit Kuba.

«Wie wird man Fotografin?» fragte sie eines Abends. «Später möchte ich so wie du sein.»

«Ich werd dir ein paar Tricks beibringen», sagte Ivy.

Trotz des zusätzlichen Fleischs wurden nun zwangsläufig größere Mengen verschiedener Lebensmittel und Zubehör verbraucht, als wenn Ivy allein gewesen wäre. Also mußte sie hinunter nach Las Mercedes gehen, um sich wieder mit Proviant einzudecken. Sie brach im Morgengrauen auf und war mittags in der Ebene.

«Ach, Miss Pearl», sagte Ignacio Chaumón. «Für Sie ist seit mindestens vierzehn Tagen ein Brief da. Noch länger. Er kam gleich nach Ihrem letzten Besuch.»

Er holte das Kuvert und reichte es Ivy triumphierend. Sie gab ihm ihre Einkaufsliste. Während er damit beschäftigt war, die auf der Liste aufgeführten Lebensmittel zusammenzustellen, sah sie prüfend auf den mit einem Aufkleber *Par avion Via airmail Correos Aereos* versehenen gelben Papierumschlag, der in Frankreich, in Londinières (Département Seine-Inférieure) frankiert und abgestempelt worden war und auf dem Ivory Pearls Name und ihre Postanschrift, per Adresse *Ignacio Chaumón*, mit violetter Tinte von Samuel Farakhans Hand geschrieben stand. Sie öffnete das Kuvert und las einen von Samuel Farakhan mit violetter Tinte verfaßten Brief, der eigenartig geschwätzig und bar jeden interessanten Inhalts war. Farakhan gehe es gut, Lajos gehe es gut, Farakhan hoffe, daß es Ivy gut gehe, Lajos schließe sich diesem Wunsch an. Albernes Gewäsch. Darunter ein Postskriptum.

«Aha», brummte Ivy, die Farakhans zuweilen recht verschrobene Art gewohnt war.

«*P. S. Als Fotojournalistin wird Dich vielleicht interessieren, daß der diskrete Aaron Black, dessen diskrete Waffengeschäfte du kennst, sich den ganzen Dezember über in seinem Haus in Havanna aufhalten wird. Das ist vielleicht keine große Sache für eine Fotografin von Deinem Format. Aber schließlich war das Aussteigerjahr Deinen Finanzen nicht gerade zuträglich, und Du bist vielleicht froh, schon Weihnachten Stoff für eine Reportage zu haben, noch ehe Du Kuba verläßt. Ich weiß, ich hab Dir gegenüber schon was darüber verlauten lassen (oder meine zumindest, das getan zu haben), aber ich wollte Dich noch mal daran erinnern. Ich grüße und küsse Dich.*»

Ivy schloß die Augen, öffnete sie wieder, starrte ins Leere, verzog dabei verdrossen den Mund, auf der Stirn hatte sich eine Falte gebildet.

«Miss Pearl!» rief Ignacio Chaumón. «Schlechte Nachrichten?»

«Nein, nein», sagte Ivy. «Nichts Wichtiges.»

Der Ladenbesitzer half ihr, die Lebensmittel in dem Bergsteigerrucksack mit Leichtmetall-Traggestell zu verstauen. Ivy bezahlte einen etwas überhöhten Betrag in Dollar, lud sich dann den Sack auf den Rücken und machte sich mit großen langsamen Schritten auf den Weg zurück ins Gebirge.

An einem der ersten Herbsttage in jenem Jahr standen
das Mädchen Negra und der Mann Victor auf, verließen
ihren Unterschlupf, kochten sich auf ihrem kleinen Feuer Kaffee.

Einige Dutzend Meter oberhalb lag Ivy am bewaldeten Hang des Turquino mit einem an einen Felsen ge-
lehnten 400 mm-Teleobjektiv auf der Lauer und fotografierte in aller Ruhe den Mann und die Kleine, sie be-
lichtete zwei Schwarzweiß-Filme 24 x 36 zu je 36 Aufnahmen.

Am Abend des 23. Oktober, nach Wochen der Unruhe und einem Tag mit Massendemonstrationen, eröffnete die politische Polizei AVH, die von den meisten noch AVO und deren Mitglieder *Avosch* genannt wurden, mit Mosin-Nagant-Karabinern und für die 7,62 Tokarew eingerichteten PPSch41-Maschinenpistolen in Budapest das Feuer auf die Menge. In der Nacht bewaffneten sich die Arbeiter und Studenten und erhoben sich. Bei Tagesanbruch des 24. Oktober ernannte Gerö Imre Nagy zum Ministerpräsidenten. Um 7.45 Uhr wurde das Kriegsrecht ausgerufen.

Im Haus von Samuel Farakhan in der Normandie kochte Lajos Obersoxszki, er war frisch gewaschen und roch nach Seife und Eishampoo, Tee in der großen Küche und setzte sich dann mit einem Tablett, auf dem sich eine Teekanne, zwei Tassen, Milch, Zucker, Brot und Butter, zwei Servietten, zwei kleine Löffel, zwei kleine Messer befanden, ins Eßzimmer. Er schaltete das Radio an und hörte auf, sein Brot mit Butter zu bestreichen, als er die Nachrichten aus Ungarn hörte. Er bestrich sein Butterbrot bald weiter, doch zum Essen setzte er sich neben den großen Radiola-Apparat und hörte ungeduldig die gesendeten Nachrichten, wechselte unaufhörlich von Radio Luxemburg zu Europe 1 und zurück. Samuel Farakhan kam in einer Kordsamthose, mit weißem Hemd und feinem schwarzen Pullover mit V-Ausschnitt die Treppe herunter. Er ging zu Lajos und begrüßte ihn fröhlich und zärtlich.

«Psst», sagte Lajos.

Farakhan hörte hin, doch nun wurde im Radio von den Ereignissen in Algerien gesprochen. Lajos versuchte es vergeblich auf einem anderen Sender, stellte den Ton ganz leise und erzählte Farakhan, was in Budapest vorging.

«Ach», seufzte Farakhan, schüttelte den Kopf und blickte dann wieder hoch: «Na ja», sagte er, «aber es ist doch besser, hier zu sein als da unten, oder?»

«Wahrscheinlich.»

Farakhan starrte Lajos an. Nach einem Augenblick setzte dieser ein gezwungenes Lächeln auf. Farakhan drückte ihm kurz mit der Hand die Schulter, dann setzte er sich, und sie frühstückten. Kurz nach 8.30 Uhr erfuhr man, im ungarischen Radio sei gemeldet worden, die Regierung habe unter Berufung auf den Warschauer Vertrag die in Ungarn stationierten sowjetischen Einheiten aufgefordert, sich an der Wiederherstellung der Ordnung zu beteiligen und gegen die bewaffneten faschistischen und konterrevolutionären Banden vorzugehen.

«Das nimmt kein gutes Ende», sagte Farakhan zu Lajos, der keine Antwort gab.

Kurz danach war es Zeit, nachzusehen, ob Post in dem großen Briefkasten am Eingangstor lag, denn hier begann der Briefträger auf seinem Vélo Solex immer seine Runde durch die Gemeinde. Lajos ging nachsehen.

Er kam mit einem Päckchen und einem großen Umschlag zurück, beides war an Farakhan adressiert. Der Brite öffnete zunächst das in Paris aufgegebene Päckchen. Es war ein deutsches Buch, *Der Katorgan* von Bernhard Roeder, erschienen in Köln. In einer Begleitnotiz schrieb der verantwortliche Herausgeber von *Telos*, daß es sich um einen Augenzeugenbericht über die russischen Lager handele und bat Farakhan um eine Rezension für das Bulletin. Dann betrachtete Farakhan aufmerksam den großen Umschlag. Laut las er, daß er von Ivy kam und mehr als drei Wochen von Kuba gebraucht hatte. Dann öffnete er das Kuvert. Er fand darin zwanzig Schwarzweiß-Fotoabzüge, im Format von ungefähr 25 x 35 und einen ziemlich kurzen handgeschriebenen Brief. Farakhan las zuerst den Brief, sah sich dann die Fotos genau an, es waren nur zehn verschiedene Aufnahmen, jeweils doppelt, auf denen entweder Negra oder Victor oder beide zusammen abgebildet waren. Farakhan schob ein Foto von dem Mädchen und ein Foto von dem Mann über den Tisch. Lajos sah darauf, blickte dann wieder hoch.

«Mein Brief hat einige Assoziationen ausgelöst», sagte Farakhan. «Ivy schreibt, es wäre wahrscheinlich vollkommen verrückt, aber sie fragt sich, ob das nicht vielleicht Alba Black und der zur gleichen Zeit wie sie verschwundene Matrose Victor Maurer sein könnten. Sie hat sich an den Namen erinnert. Sie bittet mich, das zu überprüfen.»

«Was wirst du tun?»

«Um Rat fragen. Ihn befolgen oder nicht.»

Unwillkürlich ging Farakhan zum Telefonieren in sein Kellerbüro anstatt in den Salon. Er kam nach etwa fünf Minuten wieder hoch.

«Ich muß sofort nach Paris fahren.»

«Gut», sagte Lajos und erhob sich. «Paß auf unterwegs.»

In der Diele zog Farakhan seinen marineblauen Wollmantel über, weil es sehr kühl war. Er nahm sich einen hellgrauen Schal. Er hatte sich eine sehr schmale gestreifte Krawatte umgebunden. Er steckte einen der beiden Fotosätze in seine schwarze Ledertasche. Er küßte Lajos auf die Wange.

«Du auch, paß auf dich auf.»

«Ich werd Jazz hören», sagte Lajos.

Farakhan lächelte, ging, nahm seinen Aronde und fuhr nach Paris, wo er 13.15 Uhr ankam. An den Wänden im Büro des *Commissaire* Montag waren noch immer dieselben gerahmten Fotos von Prototypen französischer Armeeflugzeuge zu sehen: der Mistral, der Vautour, der Dassault Ouragan, der Mystère IV und andere. Diesmal war der Polizeibeamte bereits da, um ihn zu begrüßen. Sie gaben sich nicht die Hand.

«Möchten Sie Mittagessen gehen?»

«Nein, danke. Nicht mit Ihnen», sagte Farakhan.

Der Mund von Montag verkrampfte sich etwas. Er zeigte auf einen Sessel, Farakhan setzte sich und knöpfte seinen Mantel auf. Montag hatte seine leere Pfeife nicht im Mund. Deshalb biß er unbewußt auf seinen Lippen herum.

«Zunächst», sagte er, «muß ich Sie fairerweise darüber informieren, daß ich die Spionageabwehr verlasse. Ich bleibe noch, bis unsere Sache erledigt ist. Danach habe ich meine Versetzung veranlaßt. Ich gehe zur Hauptabteilung der Polizei. Wollen Sie wissen, warum ich die DST verlasse?»

«Nicht unbedingt.»

«Ich habe eine bestimmte Vorstellung von Ehre, von der Würde und vom Recht des Menschen, Monsieur Farakhan», sagte der *Commissaire* trotzdem. «Ich habe die Résistance mitgemacht. Damals waren es die auf der anderen Seite, die gefoltert haben. Verstehen Sie mich?»

«Ich glaube.»

«Überrascht Sie das?»

«Ja, ein wenig verwundert mich das schon.»

«Der Direktor persönlich hat mir versichert, daß unser Dienst nicht foltert; daß es sich um Propaganda der algerischen Rebellen und vereinzelter Journalisten handelt, die sie unterstützen. Ich kann nicht glauben, daß der Direktor mich belügt.»

«Aber Sie glauben, daß man ihn belügt. Sie sind rührend, Monsieur le Commissaire.»

«Hören Sie auf, mich zu beleidigen, ich bin müde und nervös», sagte Montag. «Aber nun zu unserer Sache.»

Farakhan nahm die Fotos aus der Tasche, die er unten an seinen Sessel gestellt hatte. Er legte die Vergrößerungen auf den Schreibtisch. Montag beugte sich vor, um sie zu sich zu ziehen. Er hatte sich am Morgen nicht richtig rasiert. Er sah die Aufnahmen lange systematisch durch und legte sie dann in die Mitte des Tischs.

«Scheiße», sagte er. «Das ist zu früh. Sie ist zu schnell.»

«Sie haben doch darauf bestanden, daß ich ihr schreibe und ausdrücklich auf die Ankunft von Black Anfang Dezember in Havanna hinweise. Sie ist schnell und intuitiv. Sie stützt sich bloß auf ganz wenige Dinge. *Negra* gleich *Black*. Victor hat eine Narbe von einer schweren Schußverletzung. Sie erinnert sich, daß der verschwundene Matrose Victor Maurer hieß. Und gibt es denn ein besseres Versteck als Kuba, wenn man sich vor Aaron

Black verstecken will? Das ist sein Revier. Dort würde er sie doch zuletzt suchen, vor allem nicht mehr nach sechs Jahren.»

«Haben Sie ihren Brief dabei?»

«Nein, ich weiß genau, was drinsteht. Sie schreibt, ihre Idee sei vollkommen verrückt, aber sie bittet mich trotzdem, die Sache in bezug auf Maurer zu überprüfen. Bei der Kleinen sei das ja nicht möglich, in dem Alter verändert man sich zu schnell.»

Montag saß mit aufgestützten Ellenbogen am Schreibtisch, drückte beide Zeigefinger an die Nasenflügel und stieß einen besorgten und unentschlossenen Seufzer aus.

«Maurer und das Mädchen werden ihr im November ein paar weitere Hinweise zuspielen», sagte er mit dumpfer Stimme. «Ihre Ivory Pearl wird dann immer sicherer, was ihre Hypothese betrifft. Das geht zu schnell.»

«Ein bißchen. Doch jetzt wartet sie erst einmal auf meine Antwort. Ein Brief braucht ungefähr drei Wochen bis zu ihr in das abgelegene Nest. Ich schlage vor, ich antworte ihr in etwa acht Tagen und bestätige Victor Maurers Identität. Sie wird das nach dem 20. November erhalten. Sie weiß, daß Aaron Black am 1. Dezember in Havanna sein wird. Sie wird sich die Kleine schnappen und dahin verschwinden.»

«Oder zu den Flics. Oder nach Guantánamo.»

«Das haben wir alles schon diskutiert. Ivory Pearl ist eine erstklassige Fotojournalistin.» (Farakhan sprach, als ob er zitieren würde:) «‹Die berühmte Fotografin bringt dem berühmten amerikanischen Millionär seine totgeglaubte entführte Nichte zurück!› Mit Exklusivfotos der Wiedersehensszene! Meinen Sie, daß sie sich das entgehen läßt?» (Farakhan hatte sich von seiner Leidenschaft hinreißen lassen, wie jemand beim Glücksspiel. Plötzlich wurde er wieder ruhig und schien in sich zusammenzusinken, seine blauen Augen wurden trüb, er sprach mit tonloser Stimme weiter.) «Mich beunruhigt vor allem, wie es dann weitergeht.»

«Aaron Black wird gezwungen sein, demonstrativ seine Freude zu bekunden. Also wird es unmittelbar danach keine Probleme geben. Die junge Alba Black nimmt ihren Platz im Schoß der Familie wieder ein, und Ihre Ivory Pearl bricht zu neuen Abenteuern auf. Später wird Aaron Black sicher wieder versuchen, das Kind zu liquidieren. Er wird sich da schon was Pfiffiges einfallen lassen. Oder was ganz Einfaches. Die falsche Entführung, die er 1950 inszeniert hat, war ein bißchen zu pfiffig. Ich glaube, das nächste Mal deichselt er die Sache ganz einfach. Und wir greifen ein und schnappen ihn. Jedenfalls ist das nicht mehr Ihr Problem. Ihre Ivory Pearl wird dann nicht mehr in der Gegend sein.»

«Vorausgesetzt, daß Aaron Black auch wirklich der Drahtzieher bei der Entführung von 1950 war ...»

«Es gibt kein ‹vorausgesetzt›», fiel ihm Montag ins Wort. «Unser Informant ist zuverlässig.»

«Also gut. Ein Mann, der das getan hat, kann die Kleine und Ivory Pearl töten oder töten lassen, sobald sie bei ihm auftauchen. Oder in den darauffolgenden Tagen.»

«Das wäre allerdings ein ziemlich starkes Stück», sagte Montag. «Ich gebe aber zu, daß das unter Umständen nicht ganz ausgeschlossen ist. Doch die von uns in Alba Blacks Nähe eingesetzte Person weiß über die Situation genauestens Bescheid. Sie wird auf der Hut sein.»

Farakhan seufzte und blickte sich um, sah jedoch in dem Zimmer nichts Optimistisches oder Beruhigendes.

«Ich hoffe, Ihr Agent taugt was.»

«Das ist nicht unser Agent. Wir operieren nicht außerhalb der französischen Landesgrenzen. Sagen wir mal, es ist eine befreundete Person. Aber keiner unserer Beamten.»

«Nun, sehen Sie», sagte Farakhan, «ich glaube, in dem Fall wäre mir so einer aber lieber.»

Als er den Gebäudekomplex des Innenministeriums verlassen hatte, machte Farakhan an der Ecke Rue des Saussaies und Rue La Boétie an einem Zeitungskiosk halt und kaufte für Lajos *Libération* (die von Emmanuel d'Astier de la Vigerie geleitete progressive Zeitung) und *Le Figaro*, *L'Aurore*, *Paris-Presse*, *France-Soir* und *Le Monde*. Er packte sie in seine schwarze Lederaktentasche, ging zu seinem Aronde und fuhr nach Westen. Er kam um 17.45 Uhr zu Hause an. Im Salon brannte Licht, aber es war keine Musik zu hören, niemand war im Zimmer. Farakhan rief Lajos. Er stellte seine Aktentasche irgendwo ab und ging durch das Haus, rief, machte Licht an und wieder aus, öffnete und schloß Türen wieder. Schließlich kam er mit offenem Mantel und grauem Gesicht in den Salon zurück und sah den Brief, den Lajos gut sichtbar auf dem niedrigen Tisch aus der Schule von Josef Hoffmann gelegt hatte, der vor dem Sezessions-Sofa stand, auf das sich Farakhan nun setzte.

18

Sam,

ich muß für einige Zeit fort. Ich liebe Dich, doch ich muß dorthin. Sie kämpfen mit Benzinflaschen gegen Panzer, doch zum ersten Mal glaube ich, daß wirklich eine Aussicht auf Erfolg besteht. Bewahre meine Platten bis zu meiner Rückkehr auf.

Ich nehme zwei Fotografien von Victor Maurer mit. Damit ich schnell dort hinkomme, brauche ich die Hilfe meiner amerikanischen Freunde. Ich muß sozusagen meine Fahrkarte bezahlen. Also werde ich ihnen die beiden Fotos und einige Informationen geben. Doch ich werde so wenig wie möglich sagen.

Dem ist nichts hinzuzufügen, glaube ich. Gib auf Dich acht. Ich werde gut aufpassen. Ich will zu Dir zurückkommen, wenn Du mich dann noch aufnimmst.

Lajos Obersoxszki

19

Verzweifelt stürzte Samuel Farakhan sofort aus dem Haus hinaus in die allmählich hereinbrechende Oktobernacht, sah kurz nach, ob die drei Autos noch in der Garage standen, lief bis zur Straße, sah forschend in das leere Dunkel auf der einen und auf der anderen Seite. Seine Zähne klapperten. Lajos hatte irgendeinen Bus genommen, bestimmt schon mittags, dann wahrscheinlich den Zug, in Dieppe, Arques-la-Bataille oder Rouen. Farakhan mußte sich zwingen, nicht gleich in den Aronde oder den Land Rover zu steigen, um so schnell wie möglich nach Paris zu fahren. Er kehrte in sein leeres Haus zurück und zog seinen Mantel aus.

Am Abend hörte er die Radionachrichten und spielte eine Langspielplatte von Lajos ab, auf der ein Orchester mit neun Musikern zu hören war, darunter der Trompeter Miles Davis und die Saxophonisten Gerry Mulligan und Lee Konitz, doch er konnte nichts Besonderes an dieser Platte finden, einer undefinierbaren Mischung aus Tanzmusik und Dissonanzen. Zu Abend aß er Butterbrote, er legte sich zeitig schlafen, nahm zwei Pillen eines amerikanischen opiumhaltigen Schlafmittels, versuchte vergeblich, einige Seiten in einem Roman zu lesen und schlief bei Licht, mit dem offenen Buch in der Hand ein. Um 5.30 Uhr wachte er wieder auf, es war der 25. Oktober 1956, er erhob sich bedächtig, wusch sich, zog sich korrekt an, trank sehr starken Kaffee und aß mit normannischer Butter bestrichene Brote. Um 6.50 Uhr stieg er in den Aronde, der leichter zu bedienen war als der Land Rover und fuhr nach Paris, wo er um 9.45 Uhr eintraf. Er kam zunächst über die Brücke von Saint-Cloud, nahm den Weg über die Place de l'Étoile, fuhr dann die Champs-Élysées hinunter. In den Kinos lief unter anderem gerade *Und immer lockt das Weib* mit Brigitte Bardot, *Bus Stop* mit Marylin Monroe, *Jenseits allen Zweifels* von Fritz Lang. Farakhan fuhr weiter in östlicher Richtung und fand an der Place de la Concorde mühelos einen Parkplatz. An der Ecke des Platzes zur Avenue Gabriel befindet sich die Botschaft der Vereinigten Staaten. Nachdem Farakhan einige knappe Erklärungen abgegeben hatte, wurde er dort nach einer Weile von einer Art stellvertretendem Untersekretär für irgendwas empfangen. Dieser bat ihn, nachdem sie einige Worte gewechselt hatten, am Nachmittag wiederzukommen.

Farakhan ging zum Mittagessen ins Fouquet's, zuvor war er über die Champs-Élysées gebummelt, hatte sich eine Stunde auf der Terrasse eines Cafés aufgehalten und langsam einen Scotch und dann noch einen getrunken.

Farakhan hat Geld. Er ist der Sohn eines Brauereibesitzers, der enorm reich geworden war. Farakhan war in Cambridge. Er hatte dort Kontakt zu anderen Homosexuellen, die aufgrund ihrer politischen Anschauungen später für die Russen Spionage betrieben hatten. Farakhan hatte andere Ansichten. Er las George Orwells *Homage to Catalonia* und faßte die UdSSR und das Dritte Reich unter dem Oberbegriff «bürokratischer» Despotismus zusammen. In Cambridge hatte er auch fliegen gelernt, im Fliegerclub, der gebildet wurde, als die Kriegsgefahr immer bedrohlicher wurde. Im Fouquet's aß er an jenem 25. Oktober 1956 Kaviar und eine Ochsenrippe zu Mittag. Die Angst schien ihn ausgehungert zu haben. Sein Gesicht war grau; seine Lippen bebten.

Um 15.30 Uhr führte ihn der stellvertretende Untersekretär für irgendwas in der amerikanischen Botschaft in die erste Etage und ließ ihn in Gesellschaft eines etwas kahlen, etwas dickbäuchigen Fünfzigjährigen zurück. Der Mann hatte ein angenehmes, rundliches Gesicht mit einer großen Nase, buschigen strohblonden Augenbrauen, blauen Augen, trug eine Brille mit Goldfassung und einen anthrazitfarbenen Tweed-Dreiteiler über einem weißen Baumwollhemd und dazu eine einfarbige blaue Seidenkrawatte.

«Ich heiße Turrentine, Mister Farakhan; Edward Turrentine», präzisierte er, wies auf einen Sessel für Farakhan und setzte sich hinter einen alten, fast quadratischen Schreibtisch aus dunklem Holz mit einem umlaufenden Zackenkranz, der an die Arbeiten von Isaac E. Scott erinnerte. «Ich bin einer der Kulturattachés», präzisierte Turrentine noch einmal. «Aber eigentlich kümmere ich mich um alle möglichen Fragen. Unterbrechen Sie mich, wenn ich mich irre, aber Sie suchen einen ungarischen Bürger, von dem Sie denken, daß er Kontakt zu unserem Sicherheitsdienst hat?»

Farakhan nickte sofort bestätigend. Er knöpfte seinen Mantel auf. Es war warm im Büro, und der Mann hatte ausgiebig gegessen und getrunken.

«Sie denken, daß dieser junge Mann ...» (Turrentine sah in einem Notizblock nach.) «... dieser Lajos Obersoxszki sich an unsere Abteilung wenden würde, um wieder nach Ungarn zu kommen. Haben Sie dafür einen Beweis?»

«Ich bin mir sicher.»

«Bedaure. Das ist kein Beweis.»

Farakhan zog aus der großen Innentasche seines Mantels das Doppel eines der beiden Fotos von Victor Maurer, die Lajos mitgenommen hatte. Er zeigte es Turrentine. Dieser kniff die Augen zusammen.

«Kann ich das Foto haben?» fragte er nun mit einer völlig veränderten Stimme.

Farakhan schüttelte den Kopf und steckte das Foto wieder in seine Innentasche.

«Na gut», sagte der Amerikaner, «ich werde nicht herumtricksen. Es besteht die Möglichkeit, daß dieser junge Ungar sich an eine bestimmte Abteilung von uns gewandt hat, um nach Ungarn zurückzukehren. Eine solche Aufgabe fällt natürlich keineswegs in den Zuständigkeitsbereich dieser Abteilung.»

«Natürlich nicht», sagte Farakhan.

«Doch sie könnte ihm eventuell einen Rat gegeben haben.»

«An einige Verbindungsleute verwiesen haben.»

«Hören Sie», sagte Turrentine. «Wir sind doch hier nicht in einem Roman von Ihrem Ian Fleming. Aber nehmen wir einmal an: Verbindungsleute. Und gegenwärtig ...» (Er sah auf seine Baume & Mercier-Uhr aus poliertem Edelstahl.) «Gegenwärtig», fuhr er fort, «wird Lajos Obersoxszki wahrscheinlich gerade die ungarische Grenze überqueren.» (Er sah Farakhan in die Augen.) «Sie würden viel darum geben, daß er wiederkommt?»

«Ja. Aber Sie wollen doch kein Geld, nicht wahr?»

«Natürlich nicht», sagte Turrentine mit zutiefst empörter Miene. «Ich möchte nur gern meinem Land einen Dienst erweisen. Unter diesem Gesichtspunkt hat uns Monsieur Obersoxszki wahrscheinlich einige interessante Auskünfte erteilt, wenn wir davon ausgehen, daß wir ihn, äh, an Verbindungsleute verwiesen haben. Doch diese Auskünfte könnten ganz bestimmt von Ihnen noch weiter präzisiert werden.»

«Dreckskerl. Mistvieh. Schweinehund», sagte Farakhan.

Turrentine seufzte, nahm seine Brille mit Goldfassung ab und putzte die Gläser mit einem Lederläppchen.

«Jetzt, wo er nun schon einmal dort ist, haben Sie keinerlei Möglichkeit, ihn zurückzuholen», sagte Farakhan.

«Gut», sagte Turrentine, der seine Brille wieder aufsetzte. «Das stimmt. Aber in einigen Tagen holen wir ihn vielleicht zurück. Wären Sie bereit, dann mit uns zu reden? Um die schnelle Rückführung Ihres Freundes sicherzustellen?»

«Ja», sagte Farakhan nach einem Augenblick.

Turrentine hielt ihm einen Notizblock und einen Waterman-Kugelschreiber hin.

«Lassen Sie mir Ihre Telefonnummer da», sagte er.

20

«Ich liebe den Ozean», sagte Negra, die auf dem bewaldeten Kamm des Gebirges stand, das danach fast senkrecht über elfhundert Meter tief zum Meer hin abfiel, das in der Morgensonne glitzerte.

«Das ist das Karibische Meer», korrigierte Ivy.

«Ozean, Meer, das ist dasselbe. Später werde ich Schiffsreisen machen. Ich bin schon mal mit einem Schiff gefahren.»

«Mit Victor zusammen?»

«Ja.»

«Auf einem Segelschiff?» fragte Ivy.

«Auf Frachtern.» (Negra blickte die Fotografin unsicher an.) «Nie auf einem Segelschiff. Nur auf Frachtern, jedesmal wenn wir in ein anderes Land gefahren sind.»

«Du warst noch nie auf einer Yacht?»

Negra schüttelte den Kopf. Ihr schwarzes Lockenhaar war sauber, aber zu lang.

«Ich hab manchmal Yachten in Häfen gesehen», sagte sie. «Das ist alles.»

Am späten Abend jenes Tages, als Negra in die Hütte schlafen gegangen war und Ivy noch mit dem Mann Victor zusammen an einem großen Feuer im Lager der Fotografin saß, fragte sie:

«Sind Sie schon auf Segelschiffen gefahren?»

«Ist schon mal vorgekommen. Ich bin ein ganz passabler Matrose, wenn es sein muß.»

«Sind Sie mit Negra gefahren?»

«Auf Segelschiffen? Hat sie Ihnen das erzählt? Das bildet sie sich nur ein. Wir sind schon zwei- oder dreimal mit Schiffen gefahren, sie und ich, auf Frachtern. Das ist alles.» (Victor trank einen großen Schluck Rum, wischte den Flaschenhals mit seiner Handfläche ab und hielt Ivy den Alkohol hin, die wie gewöhnlich den Kopf schüttelte. Der Mann nahm noch einen Schluck und stellte die Flasche neben sich.) «Ich war Matrose auf Yachten, für Kreuzfahrten und Hochseeregatten, fünf- oder sechsmal, das ist alles», sagte er. «Das war, bevor ich mich um Negra gekümmert hab.»

Der Mann saß auf einem flachen Stein, nur mit seinen zerlumpten Shorts bekleidet. Das Licht der Flammen spielte auf den Muskeln seines Oberkörpers, auf der fürchterlichen Narbe seiner Brust, auf seinem Gesicht. Im flackernden Licht schien es jeden Augenblick einen anderen Ausdruck anzunehmen. Ivy saß in Bluejeans, einem khakifarbenen Hemd mit hochgekrempelten Ärmeln und nackten Füßen ziemlich nahe neben Victor. Es waren 22 Zentigrad. Am Nachmittag hatte es kurz geregnet, und im Osten waren die Wolkenreihen an den Hängen des Turquino aufgerissen.

«Seit ich mich um Negra kümmere», sagte Victor, «hab ich sehr wenig Frauen kennengelernt. Und in den zwei Jahren, die wir in der Maestra sind, überhaupt keine. Bis ich Sie getroffen hab.»

Ivy sah ihn an. Er legte seine Hand auf ihren Schenkel.

«Nehmen Sie Ihre Pfoten weg», sagte sie.

Victor nahm seine Hand weg und seufzte. Er stand auf, nahm die Rumflasche, verbeugte sich höflich und ging wortlos. Als Ivy am nächsten Morgen zur Hütte hochstieg, hörte sie, wie Negra den Mann auf Englisch anschrie, doch das Mädchen benutzte zwischendurch das Wort *pilo* oder *pilé*, das in der Zigeunersprache oder im Argot «betrunken» bedeutet. Ivy runzelte die Stirn und blieb einen Augenblick nachdenklich unter den Pinien stehen.

21

Aaron Black hatte Anfang November in Taipeh im Hotel
Imperial in der Linsen North Road eine Suite für sich
und drei angrenzende Zimmer für Guido, Julienne Laqueur und seinen Sohn Simon Black reservieren lassen.
Die halbamerikanisierte Architektur des Hotels war genauso miserabel wie die auf malerisch getrimmte chine-
sische Innenausstattung, meist aus rot-goldenem Kunst-
stoff. Jedes Zimmer war klimatisiert und hatte einen
Fernseher, zudem ein Radio und alles, was im Jahr 1956
noch zum modernen Komfort gehörte. Aaron Black verbrachte den Morgen des 5. November damit, lustlos das
National Palace Museum zu besuchen und sich dort einige Kilometer mit Porzellan und antiken Bronzen an-
zusehen, die ihn nicht sonderlich interessierten.

Aaron war etwa zur Jahrhundertwende geboren, doch
etwas zu spät, um in der deutschen Armee an dem Ge-
metzel des Ersten Weltkriegs teilnehmen zu müssen.
Seinen ersten Kontakt mit dem, was schon beinahe einem Waffenhandel gleichkam, hatte er 1923. Da nahm
er, nachdem er sich einige Zeit mit der «linksradikalen»

KAPD eingelassen hatte und schließlich bei der orthodoxen kommunistischen KPD gelandet war, am Hamburger Aufstand teil, bei dessen Vorbereitung und Durchführung er die Lieferung und Verteilung von Waffen und Munition überwachte. In den folgenden Jahren wurde er Spezialist für derartige Fragen, hatte aber in Deutschland kaum noch Gelegenheit, seine Talente zu entfalten. Einige meinen, ihn in China, in den Vereinigten Staaten und in der Schweiz gesehen zu haben. Doch 1935 war er in Deutschland, soviel steht fest, von 1936 bis 1937 wurde er dann in Marseille gesichtet, wahrscheinlich organisierte er dort Waffentransporte nach Spanien. Danach kehrte er nach Deutschland zurück, wo er bis zu seiner Verhaftung Anfang 1943 im Untergrund einen aussichtslosen Widerstandskampf führte. Er wurde gefoltert, nach Buchenwald geschickt und erkämpfte sich dort einen bescheidenen, aber nützlichen Platz innerhalb der Hierarchie des Lagers, das zu dieser Zeit hauptsächlich von politischen Häftlingen, insbesondere stalinistischen Kommunisten, intern verwaltet wurde.

Die weltpolitische Lage und der Zustand der revolutionären Bewegung hielten Aaron Black davon ab, seine politischen Aktivitäten nach seiner Befreiung wieder aufzunehmen. Er ging mit seiner Lebensgefährtin und ihrem gemeinsamen Sohn Simon nach Amerika. Von seiner Geburt bis zum damaligen Zeitpunkt hatte er Franz Aaronson Blachefeld geheißen. In Amerika wurde er zu Aaron Black, und sein Sohn wurde zu Simon Black, genauso wie ein Cousin, der seinen Familiennamen ähnlich geändert hatte. Der Cousin investierte viel Geld in Aarons Projekte. Als Minderheitsteilhaber in einer Gesellschaft mit beschränkter Haftung machte

Aaron ihn und sich sehr reich, indem er weltweit überschüssige Armeebestände verkaufte, vor allem Feuerwaffen jeder Art. Sein Cousin und die Gefährtin von Aaron Black kamen in einem Bentley bei einem Autounfall ums Leben. Der Cousin hinterließ Aaron das Sorgerecht für seine Tochter Alba und die vorübergehende Verwaltung seiner Mehrheitsanteile in ihrer Gesellschaft mit beschränkter Haftung, die Black & Black Ltd. hieß.

Während Julienne für Aaron Black vor den Bronzekrügen, den Bronzekesseln und Bronzeweingefäßen des 15. oder 18. Jahrhunderts vor Christus alle notwendigen Kommentare abgab, trödelten Guido und Simon Black hinten in der Galerie des National Palace Museum herum. Aaron Black brach den Besuch trotz schüchterner Einwände von Julienne Laqueur plötzlich ab. Er hatte es absolut satt. Man kehrte ins Hotel Imperial zurück, und der schlechtgelaunte Waffenhändler wollte allein zu Mittag essen. Er ließ sich geräucherte Ente in Tee mit Reis und eine Flasche französischen Wein heraufbringen. Er stellte das Radio an. Es hatte eine Vorwahltaste, mit der man entweder zwei örtliche Sender oder Voice of America oder BBC World Service einschalten konnte oder einen Haussender, der schauderhaft süßliche sino-amerikanische Musik brachte. Aaron Black entschied sich für BBC World Service. Während er aß, erfuhr er nacheinander durch BBC, daß der zweite Angriff der Russen gegen die Ungarn, der gestern am frühen Morgen im ganzen Land mit fünfzehn Panzerdivisionen stattgefunden hatte, auf eine starke Gegenwehr gestoßen war; und daß heute am 5. November, englische und französische Fallschirmjäger über Port Said in Ägypten abgesprungen waren und sich der nördlichen Ausfahrt des Suez-Kanals bemächtigt hatten. Aaron Black hörte sich die Nachrichtensendung noch bis zum Schluß an. Als er seine Mahlzeit beendet hatte, stellte er das Radio ab. Er hatte nur die Hälfte seiner Flasche Médoc getrunken. Er ging zum Zimmer von Julienne Laqueur und trat ein, ohne anzuklopfen. Die junge Frau saß am Tisch und notierte etwas in einen Block.

«Schreibt und verschreibt!» lobte Aaron Black auf deutsch und übersetzte es ihr. «Heute Nachmittag gehen wir in den Botanischen Garten. Ich hab da um halb drei eine Verabredung. Sie müssen im Hintergrund bleiben, Sie und die anderen. Sagen Sie Guido und Simon Bescheid. Vögelt Simon eigentlich immer noch so schlecht?» fragte er, und Julienne Laqueur blickte ihn ausdruckslos und wie abwesend an. «Bah», meinte Black. «Ich hab viel für ihn getan, ich hab getan, was ich konnte, doch letztlich hab ich es aufgegeben, ich liebe ihn nicht mehr, er ist zu dumm.»

«Er vögelt gut», sagte Julienne plötzlich. «Was den Rest angeht, haben Sie recht. Er ist blöd. Und er liebt Sie auch nicht.»

Im Botanischen Garten Taiwans, in den man über die Po Ai Road gelangen kann oder über die Nan Hai Road neben dem Nationalmuseum, gibt es mehr als 700 Pflanzenarten, mit Pflanzen zugewachsene Wasserflächen, rotgrüne Pavillons und Getränkeverkäufer, die sogar Zuckerrohrsaft verkaufen. Aaron Black und Simon, Guido und Julienne kamen gegen 14.15 Uhr, über die Nan Hai Road, in einem zweifarbigen Buick mit Chauffeur. Sie gingen hinein, Aaron Black vorneweg. Er schien ganz genau zu wissen, wohin er wollte. Er trug einen Dreiviertelmantel aus grauem Wollstoff, Julienne und Simon hatten gefütterte Regenmäntel an, Guido einen schwarzen Ledermantel mit einem unter dem Kinn verknoteten roten Seidenschal, und schwarze Handschuhe aus Pekarileder an beiden Händen.

«Ihr wartet hier alle auf mich», befahl Black.

Er ging zu einem Pavillon, der einen grünen Unterbau, grüne Säulen und ein rotes Dach in der Form eines Pagodendachs hatte. Dort saß ein Weißer in einem rostbraunen Lodenmantel. Eine grüne Lederaktentasche mit einem Reißverschluß über drei Seiten lag auf seinen Schenkeln. Der Mann trug eine Brille mit einer dicken schwarzen Fassung, hatte das lange, rötliche Gesicht eines Mittfünfzigers, der gern mal einen über den Durst trank und etwa eine Handvoll strohblonder Haare. Seine Augen waren blau und seine Zähne viel zu weiß. Er zeigte Aaron Black die Zähne. Sie gaben sich nicht die Hand, als sie sich auf englisch begrüßten. Black setzte sich zu dem Mann.

«Mal ehrlich, Stanley», sagte Black, «ich könnte doch zu Ihnen in die Botschaft kommen. Wir sind nicht mehr jung genug, um uns im November in einen Park zu setzen. Es ist doch allen scheißegal, ob ich die Botschaft besuche.»

«Wäre Ihren Kunden das recht?»

«Meine Kunden wissen ganz genau, daß ich manchmal ein paar Protektionen kaufen muß.»

«Gut», sagte Stanley. «Im nächsten Jahr sehen wir uns in meinem Büro. Doch was haben Sie einstweilen für mich?»

«Nach Aussagen eines Zwischenhändlers», meinte Aaron Black, «haben Tamilen in Ceylon einen kleinen Posten gekauft. Zweihundert Gewehre und fünfzig Sten. Damit kommen sie nicht allzu weit. Doch ich mag Ceylon, es ist schön und friedlich, das Grandhotel Nuwara Eliya ist ein Traum, ich sag mir jedes Jahr, daß ich dort ein paar Wochen verbringen müßte, ich hab keine Lust, daß irgendwelche Hitzköpfe die Landschaft verunstalten.»

Stanley nickte, äußerte sich ansonsten nicht weiter, notierte nichts. Black schwieg einen Augenblick, weil vier F 86 Sabre mit den Hoheitszeichen Nationalchinas jeweils zu zweit nebeneinander dröhnend die Stadt überflogen. Sie entfernten sich. Black denunzierte noch weitere Kunden von sich bei Stanley.

«Und dann noch folgendes», sagte er, «das gefällt Ihnen bestimmt: es gibt Leute von Ihrem CIA, die an der chinesischen Grenze, im Norden Birmas, operieren und anfangen, sehr modernes Material zu kaufen. Sie zahlen mit Opium. Anscheinend wollen sie Operationen vorbereiten, ohne von ihren Vorgesetzten kontrolliert zu werden, he?»

«Haben Sie Namen?» fragte Stanley, der in die Ferne zu blicken schien.

Black nannte ihm drei Namen. Stanley nickte leicht, dann sah er Black immer noch zerstreut an.

«Noch was?»

«Eine kleine Sache, die ich nicht bearbeitet hab, von der ich aber in Kenntnis gesetzt wurde», sagte Black. «Doktor Castro, dieser Kubaner, der vor drei Jahren eine Kaserne in Santiago angegriffen hat: er scheint eine andere Dummheit vorzubereiten. Er ist mit einigen Hitzköpfen in Mexiko, und sie haben Material gekauft. Kuba, das ist doch unser hübscher kleiner Garten, he? Und versessen auf eine Guerilla direkt vor unserer Haustür sind wir ja nicht unbedingt, he?»

«Nein, bestimmt nicht.»

«Ich werd Fulgencio Bescheid sagen. Seien Sie Ihrerseits auf der Hut.»

«Okay.»

«Das war alles. Sie sind dran.»

Stanley zeigte wieder seine zu weißen Zähne in seinem zu rosigen Gesicht.

«Dem Präsidenten geht's schlecht», sagte er.

«Das ist nichts Neues.»

«Diesmal ist Nixon nur noch einen Herzschlag vom Weißen Haus entfernt. Das wäre doch für alle das beste, nicht?»

«Vielleicht.»

Stanley blinzelte und seine Stimme heiterte sich auf, als er das Thema wechselte.

«Sie kennen doch die AK 47?» fragte er.

«Ein bißchen.»

«Unsere Stellen haben lange gemeint, daß ein Sturmgewehr im Atomzeitalter ausgedient hätte. Das war sicherlich falsch. Die Russen haben viele AK 47 in Ungarn eingesetzt, und die scheinen ganz effizient zu sein. Wir haben uns ein paar beschafft. Sie sind auf dem Weg nach Südamerika, zur Prüfung. Ich werd Ihnen den Bericht besorgen.»

«Herzlichen Dank», sagte Aaron Black mit aufrichtiger Miene.

Er besaß seit drei Jahren zwei AK 47, wußte, wie gut sie waren und daß das künftige M14, das gerade für die amerikanischen Streitkräfte entwickelt wurde, sehr viel schlechter sein würde. Black knüpfte zu dieser Zeit die notwendigen Verbindungen, die ihm bald erlauben sollten, mit der AK 47 zu handeln. Er musterte Stanley, der gedankenverloren in die Ferne blickte.

«Ist das alles?» fragte Aaron Black.

Stanley blickte weiter vor sich hin, öffnete die drei Seiten seiner grünen Aktentasche, zog einen ziemlich großformatigen Umschlag heraus und gab ihn Black, ohne etwas zu sagen. Black zog zwei von Ivory Pearl aufgenommene Bilder aus dem Umschlag, auf denen Victor Maurer, so, wie er jetzt in der Maestra aussah, zu sehen war. Black kniff die Lippen zusammen, und das Blut wich ihm aus dem Gesicht. Er begutachtete die beiden Vergrößerungen und atmete tief durch. Dann drehte er den Kopf zu Stanley.

«Wer ist das?»

«Ich weiß nichts darüber», sagte Stanley. «Mir wurde gesagt, daß Sie das interessieren würde. Und daß die Fotos in Kuba aufgenommen wurden, in der Sierra Maestra, von einer Tierfotografin. Es ist nicht bekannt, ob noch jemand bei ihnen ist. Ich gebe nur wieder, was ich Ihnen sagen sollte. Für mich ergibt das keinen Sinn. Mir wurde gesagt, Sie würden verstehen. Ich muß jetzt gehen. Sie können die Fotos behalten.»

Stanley stand plötzlich auf und ging sofort weg.

«Auf Wiedersehen, Stanley», meinte Aaron Black und erhob dabei etwas die Stimme. «Bis zum nächsten Jahr. Und dann in Ihrem Büro, hm?»

«Versprochen.»

Stanley war bald weit weg. Aaron Black stand auf und ging zum Geländer des Pavillons. Er rief:

«Guido!»

Guido kam mit großen Schritten angelaufen. Black hatte sich wieder gesetzt und Guido mit einem Wink bedeutet, daß er sich zu ihm setzen sollte. Er gab dem Italiener die beiden Fotos, der sie sich anschaute und ein eigenartiges, viel zu hohes Knurren ausstieß. Mit dem Zeigefinger seiner linken, Hand, die immer in einem Handschuh steckte, tippte der Mann auf die Narbe auf dem nackten Oberkörper Maurers, das Einschußloch des

1950 in Spanien aus der halbautomatischen Pistole Sauer Modell 38 abgefeuerten .380 ACP-Geschosses.

«Wenn ich nur fünf Zentimeter weiter auf die Mitte gehalten hätte», sagte er mit seiner heiseren Flüsterstimme, «dann hätte es keine Scherereien gegeben. Ich bereue es. Ich schäme mich. Ich bin wütend. Wo ist er?»

«In der Maestra. Alba ist vielleicht bei ihm, ich weiß nichts darüber. Du fährst nach Havanna. Heuerst ein paar zuverlässige Männer an. Ich wollte dich eigentlich begleiten, doch es ist besser, nichts an meinen Gewohnheiten zu ändern. Ich komme Ende des Monats, spätestens Anfang Dezember. Die Aktion wird aber erst gestartet, wenn ich da bin.»

«Gut.»

«Es ist dumm, weißt du, Guido: es interessiert mich nicht mehr, ob sie getötet werden.»

«Wie Sie wollen. Maurer hat mir eine Hand ab- und die Kehle durchgeschnitten, ich habe den Wunsch, ihn zu töten. Doch ich arbeite für Sie, und ohne Sie wäre ich gestorben. Wie Sie wollen.»

«Aber am Leben lassen kann ich sie auch nicht mehr», sagte Black.

«Nein, ausgeschlossen», sagte Guido. «Das können Sie nicht mehr.»

22

Lajos Obersoxszki wurde am 10. November in Köbánya durch den Schuß aus einer AK 47 getötet. Zwei Stunden danach nahmen Männer der AVH seinen Körper und drei andere Leichen und hingen sie zusammen an einen Baum, mit einem Schild, auf dem stand: «*So verfahren wir mit Konterrevolutionären.*» An jenem Samstag war der bewaffnete Widerstand so gut wie vorbei, obwohl es noch wochenlang sporadische Erhebungen und bis 1957 weitere Streiks und Demonstrationen gab.

Lajos hatte, so gut er konnte, mit einem Mosin-Na-gant-Karabiner an den Kämpfen teilgenommen, doch er hatte es nicht geschafft, jemanden zu töten, weil er ein schlechter Schütze war.

Am Freitag, dem 23. November klingelte nachmittags im
Salon des Hauses, in dem sich der schlecht rasierte Samuel Farakhan Schönberg auf dem Plattenspieler anhörte, das Telefon. Der Mann in der grauen Samthose
und dem anthrazitfarbenem hochgeschlossenen Pullover
schaltete die Musik aus und nahm das Telefon ab. Am
Apparat war Edward Turrentine, der ihm gesagt hatte, er
sei Kulturattaché, kümmere sich aber um alle möglichen
Sachen, und setzte ihn davon in Kenntnis, daß Lajos vor
fast zwei Wochen in Budapest gestorben war.

«Zumindest erzählen Sie mir nicht, daß er noch lebt,
um mir irgendwelche Auskünfte zu entlocken», sagte
Farakhan.

«Es wird uns jederzeit eine Freude sein, Sie anzuhö-
ren», sagte Turrentine. «Doch das ist sicherlich nicht der
geeignete Augenblick. Eines Tages vielleicht?»

«Vielleicht. Was ist mit der Leiche?»

«Massengrab.»

«Gut», sagte Farakhan. «Ich muß jetzt auflegen.»

«Es tut mir aufrichtig leid», sagte Turrentine. «Auf
Wiedersehen.»

Farakhan legte auf. Er nahm den Hörer wieder ab, und

als sich die Telefonistin meldete, verlangte er die Nummer seines Reisebüros in Rouen.

«Guten Tag, Mademoiselle», sagte er, als sein Gespräch entgegengenommen wurde. «Ich möchte so schnell wie möglich nach Kuba.»

Er wartete, bis er mit einer anderen Angestellten verbunden wurde. Er wiederholte seinen Wunsch. Er wartete, während die Angestellte Unterlagen durchblätterte. Wie er so mit dem Telefonhörer am Ohr und einer Player's zwischen den Lippen neben dem Telefon stand, wirkte er geradezu schwungvoll und unerschütterlich, tiefes Leid schien er jedenfalls nicht zu empfinden.

24

In der Nacht vom 29. zum 30. November wollte Negra zum vierten Mal lieber bei Ivy schlafen, an der sie allmählich regelrecht zu hängen schien. Es war mild, ungefähr zwanzig Grad nach dem Sonnenuntergang, der Himmel war klar, und sie legten sich draußen vor das Wohnzelt. Victor hatte mit der Frau und dem Mädchen zu Abend gegessen und war danach in Richtung seiner Hütte verschwunden. Ivy und Negra schliefen unter den Sternen ein. Ivy wurde mitten in der Nacht wach, weil Negra im Schlaf stöhnte. In dem tropischen Halbdunkel betrachtete die Fotografin die Kleine, die sich unter einer leichten Decke auf einer einfachen Matratze aus Zweigen unruhig herumwälzte.

«Onkel Black!» rief die Kleine plötzlich und machte die Augen auf.

Ivy lag hinter der Kleinen, rührte sich nicht und sagte nichts. Negra stützte sich auf den Ellenbogen, drehte sich um und sah Ivy an.

«Ich hatte einen Alptraum.»

«Ja.»

«Hab ich was gesagt?»

«Onkel Black.»

Negra machte im Dunkeln ein finsteres Gesicht.

«Ich hab keinen Onkel Black», sagte sie.

«Das war ein Traum», sagte Ivy. «Schlaf weiter.»

Negra drehte sich wieder auf den Rücken, und einen Augenblick später hörte man sie wieder tief und regelmäßig atmen. Ivy legte ihren Kopf wieder auf ihr Kissen, doch sie konnte lange nicht einschlafen, und am nächsten Morgen verkündete sie, daß sie nach Las Mercedes einkaufen gehen müsse.

«Doch nichts Dringendes, oder?» sagte Victor. «Sie gehen in letzter Zeit oft runter, nicht?»

«Alle zwei oder drei Wochen, öfter nicht.» (Ivy lächelte mit aufrichtiger Mine.) «Ich erwarte Post aus Europa», sagte sie. «Wegen meiner Arbeit. Ich muß meine Fotos verkaufen.»

«Sie reisen aber am Jahresende ab?»

«Ja. In einem Monat.»

«Ich freue mich, daß ich Sie kennengelernt hab,» sagte der Mann.

«Ich mich auch.»

Ivy machte sich auf den Weg in die Ebene. Victor kam zu Negra.

«Wie ist es gelaufen?» fragte er.

«Ich hab mich bewegt, hab gestöhnt. Dann hab ich ‹Onkel Black› gerufen. Ich hab mich umgedreht. Sie hat mich angesehen. Sie hat mir gesagt, daß ich ‹Onkel Black› gerufen hab.»

«Gut, das müßte reichen», sagte Victor Maurer.

Ivy stieg in die Ebene hinunter, durch Pinien, dann durch Königspalmen, Jacarandas, Tulpenbäume. Einen Moment lang glaubte sie sehr weit im Osten fast nicht wahrnehmbar das Knallen und Rattern von Schußwaffen zu hören, die sie so oft an Kriegsschauplätzen gehört hatte. Aber hier waren solche Geräusche unerklärlich. Als sie in Las Mercedes angekommen war, ging Ivy in den Laden von Ignacio Chaumón. Der sehr magere *mestizo* sprach gerade am Telefon und machte eine entschuldigende Geste. Manchmal hörte er zu, manchmal sprach er außerordentlich schnell, und Ivy bekam nur einige Worte mit, die keinen Sinn ergaben, denn der kubanische Akzent ist für einen Reisenden, der Kastilisch nur von der Schule her kennt, schwer zu verstehen. Schließlich hängte Chaumón wieder ein.

«*Hay bandidos en Santiago*, in Santiago sind Banditen», erklärte er. «Sie haben die Kaserne angegriffen, wie 1953. Aber es ist vorbei, Miss Pearl. Alles ist in Ordnung.»

«War das wieder Doktor Castro?»

«Man weiß es nicht. Doch alles ist in Ordnung. Die Armee hat sie besiegt.»

«Gut», sagte Ivy und holte ihre Einkaufsliste heraus.

Es war 14.30 Uhr an jenem 30. November 1956, als Ivy sich, nachdem sie zu Mittag gegessen hatte, beladen mit ihrem schweren Rucksack wieder auf den Rückweg machte. Sie hatte Ignacio Chaumón gefragt, ob Post für sie da wäre. Es war keine da. Sie hatte die Stirn gerunzelt und auf ihre Unterlippe gebissen, dann mit den Schultern gezuckt.

«Na gut, ich komm wieder vorbei», hatte sie gesagt.

Da ihr der Weg schon lange vertraut war, legte Ivy ihn schnell zurück. Trotz des schweren Rucksacks war sie gegen 18.15 nur noch einen knappen Kilometer vom Kamm entfernt, als sie einen dunkelgrünen Sikorsky S-55-Hubschrauber über das Gebirge fliegen sah. Wahrscheinlich handelte es sich um eine Patrouille des Militärs infolge des Zwischenfalls an diesem Morgen in

Santiago de Cuba. Doch der Sikorsky hatte keine militärischen Hoheitszeichen. Eigentlich hatte er überhaupt keine Hoheitszeichen, keinerlei Kennung. Das war ungewöhnlich und illegal. Ivy ging schneller, obwohl sie schon ganz schlapp war und ihr der Schweiß den Rükken, an den Rippen und am Bauch hinunterlief, wurde dann aber wieder etwas langsamer, als sie sah, daß der Hubschrauber seine Flugrichtung, die genau zu Ivys Lager geführt hätte, verließ, nach Nordosten abbog und dicht über den Bäumen zum Feld des *guajiro* flog, von dem die Fotografin manchmal Rum gekauft hatte.

Der Sikorsky kam zu dem Feld und schwebte in 30 Metern Höhe in Position. Dann ging er langsam runter. Durch den Luftzug der Rotorblätter wurde der dürre Boden des Feldes aufgewirbelt. Ferkel quiekten in dem Motorengedröhn. Der *guajiro* ging in seine Hütte und kam mit einem Krag-Jörgensen-Karabiner Kaliber .30-40 aus dem Jahr 1896 zurück. Er legte ihn nicht an, blieb vor seiner kümmerlichen Behausung, hielt seine Waffe mit beiden Händen und stand unentschlossen und besorgt da. Er war ein magerer Mann mit einem ziemlich festen Charakter, dieser Martin Guzman Gallego. Als sich der Hubschrauber etwa fünfzig Zentimeter über dem Boden befand, ging der mit ausgeblichenen Bluejeans und einem verwaschenen Hemd bekleidete *guajiro* mit seinem halb hochgenommenen Karabiner darauf zu, Guido sprang vom Sikorsky herunter und schoß mit seiner linken Hand dem Kubaner mit einer kleinen Steyr-Selbstladepistole eine .25er-Kugel in den rechten Schenkel. Martin Guzman Gallego fiel auf die Seite und versuchte angestrengt, seinen Karabiner auf Guido zu richten, der kam, ihm die Waffe entriß und dem Verletzten einen Fußtritt gegen den Kopf gab.

Im selben Augenblick sprangen sechs Männer aus dem Sikorsky. Außer dem Piloten und dem Kopiloten kann diese Maschine, in der Ausführung als Kampfhubschrauber, acht bis zehn Personen transportieren. In jenem November 1956 transportierte dasselbe Modell französische Armeeinheiten, die Fellaghas in den Djebels von Algerien jagten. Von den Franzosen wurde der Sikorsky S-55 «fröhlicher Elefant» genannt. Doch hier in der Maestra sprangen nach Guido lediglich sechs Männer auf den Boden. Sie trugen grün-hellgrau-schwarz gescheckte Nylonanzüge und um den Kopf schwarze Bandanas. Sie hatten Springerstiefel an. Manche waren vom Typ her Europäer. Andere offensichtlich Kubaner oder zumindest Lateinamerikaner. Einer trug eine Sonnenbrille. Alle waren mit M1-Karabinern bewaffnet und trugen am Gürtel jeweils einen Dolch in einer khakifarbenen Scheide, einen Kanister mit einem Liter Wasser und einen Brotbeutel, der wahrscheinlich Granaten oder einfach nur Munition für die Karabiner enthielt.

Guido sicherte seine kleine Steyr-Pistole und steckte die Waffe in die linke hintere Tasche seiner grünen Leinenhose. Er trug Springerstiefel, ein bis zum Hals zugeknöpftes Hemd, keine Kopfbedeckung. An seinem Hals waren die furchtbaren Narben über dem zugeknöpften Kragen zu sehen. Sein braunes Gesicht glänzte etwas vom Schweiß. In einem Holster auf der linken Hüfte hatte er eine fast ein Kilo schwere Colt-Pistole .45. Interessiert betrachtete er den alten Karabiner von Martin Guzman Gallego. Die Waffe war zwischen 1898 und 1902 nach Kuba gekommen, als die Amerikaner die Insel besetzten, nachdem sie sie den Spaniern weggenommen hatten. Es war ein fünfschüssiges Kavalleriegewehr. Guido nahm die fünf Patronen heraus und warf sie in hohem Bogen auf den Hang, warf dann den Karabiner weg, drehte sich wieder zum Hubschrauber und bedeutete dem Piloten mit halbangewinkelten Armen, die Handgelenke überkreuzend und wieder auseinandernehmend, runterzugehen und den höllisch lauten Motor abzustellen. In der Zeit hatten die sechs Männer in den Tarnanzügen, nachdem sie vorsichtig mit eingezogenen Köpfen, um nicht von den Rotorblättern enthauptet zu werden, zur Seite gelaufen waren, rund um das Feld und die Hütte von Martin Guzman Gallego Stellung bezogen.

Guido drehte sich wieder zu dem *guajiro* um, während der Motor des Sikorsky auslief und das helle Schwirren der Rotorblätter tiefer wurde und allmählich verklang. Auf seinen Ellenbogen gestützt sah Guzman Gallego auf seine blutende Wunde. Er blickte zu Guido hoch. Er schien Angst zu haben.

«Wie heißt du?» fragte Guido.

«Martin Guzman Gallego.»

«Wir werden dir helfen, Martin. Deine Verletzung ist nicht schlimm, das war eine kleine Kugel. Aber erst mal will ich dir ein paar Fragen stellen. Du mußt schnell antworten, denn du blutest. Kennst du einen Mann namens Victor Maurer?»

«Nein.»

«Der Mann lebt im Gebirge. Er hat vielleicht ein dreizehnjähriges Mädchen dabei.»

«Ich kenne sie nicht.»

«Du darfst nicht lügen. Du blutest.»

«Ich kenne sie nicht.»

«Kennst du eine Frau, die im Gebirge lebt?»

Der *guajiro* leckte sich die Lippen, sah Guido an, sah die Männer ringsherum an.

«Vielleicht», sagte er.

«Ja oder nein?»

«Ja.»

«Sie heißt Ivory Pearl», sagte Guido.

«Das weiß ich nicht.»

«Etwas genauer.»

«Vor einiger Zeit», sagte Martin Guzman Gallego, «da lebte ein junges Mädchen im Gebirge. Sie kam Rum bei mir kaufen. Sie hatte Fotoapparate. Einmal ist sie mit einem Revolver gekommen, so einem wie Ihrer.»

«Das ist eine Selbstladepistole», berichtigte Guido.

«Ja», meinte unnützerweise der *guajiro*.

«Und sie ist nicht mehr in der Gegend?»

«Ich weiß nicht. Sie ist lange nicht mehr gekommen.»

«Woher ist sie gekommen?»

«Aus Frankreich.»

«Nein», sagte Guido. «Ich frage dich, von welchem Ort aus sie zu dir Rum kaufen kam. Von welchem Ort hier im Gebirge.»

Martin Guzman Gallego drehte mühsam den Kopf erst zu einer, dann zu der anderen Seite, als ob er sich erst orientieren müßte. Dann blickte er wieder zu Guido.

«Was werden Sie ihr tun?» fragte er.

«Nichts», sagte Guido. «Wir suchen den Mann. Woher ist sie gekommen?»

«Ich weiß nicht. Drüben vom Pico Turquino.»

Guido musterte den Gipfel, der in einigen Kilometern Entfernung aufragte und von der untergehenden Sonne angestrahlt wurde.

«Drück dich etwas genauer aus, Martin.»

«Ich kann nicht. Sie ist manchmal gekommen, sie kam von dort, ich bin nie hinterhergegangen, mehr weiß ich nicht.»

Er begegnete Guidos Blick.

«Mehr weiß ich nicht», wiederholte er. «Ich habe Ihnen alles gesagt. Werden Sie mir jetzt helfen?»

«Aber ja», sagte Guido, zog seine Colt-Pistole .45, entsicherte sie, ließ den Verschluß nach vorn schnellen, damit dem Patronenlager eine Patrone zugeführt wurde. Martin Guzman Gallego fing an, mit sonorer hoher und unsicherer Stimme zu beten. Guido schoß ihm zwei .45er-Kugeln ins Gesicht.

25

Nachdem Ivy die Pistolenschüsse gehört hatte, riß sie sich ihren Traggestellrucksack herunter, warf ihn vor einen Felsen und beschleunigte ihr ohnehin schon zügiges Tempo. Ihr Rücken, ihre Rippen, ihr Bauch waren schweißnaß, ihr khakifarbenes Hemd hatte dunkle Flecken. In der Ferne hörte sie den Motor des Hubschraubers wieder starten und die Rotorblätter schwirren. Der Sikorsky erhob sich abermals über die Pinien. Es war fast 18.30 Uhr. Die Schatten waren lang. Nur der obere Teil des Turquino wurde noch direkt mit bernsteinfarbenem Licht angestrahlt. Weit hinter den bewaldeten Kuppen versank gerade im Westen die kupferne Sonnenscheibe am Horizont. Die Dämmerung würde nicht lange dauern: man konnte noch mit einer Stunde Licht rechnen, höchstens. Verbissen lief Ivy mit großen Schritten weiter bergauf. Ihre Muskeln spannten und entspannten sich ruckartig. Sie atmete tief durch die Nase ein und kräftig durch den Mund wieder aus und schwang dabei die Arme.

Der grüne Hubschrauber bewegte sich etwa hundert Meter über dem Boden in Schlangenlinien nach Osten, auf der Suche nach seinem Ziel in Richtung Turquino.

Obwohl der Hang an manchen Stellen ziemlich steil war, schaffte Ivy die 700 oder 900 Meter bis zu ihrem Lager in weniger als acht Minuten. Vom Waldrand aus sah sie keuchend und mit pochendem Herzen, daß niemand im Lager war. Im selben Augenblick tauchte dröhnend der grüne Sikorsky über der Lichtung auf, drehte sich, bevor er in Position schwebte und dann ziemlich schnell herunterging. Ivy konnte nicht zu ihrem Zelt, dort hatte sie all ihre Sachen, ihre Fotos, ihre Apparate, ihre Bücher, ihre Pistole. Die junge Frau ging wieder unter den Bäumen in Deckung. Als der Hubschrauber noch drei Meter über dem Boden war, sprangen die sechs Männer des Kommandos mit ihren M1 und danach Guido mit leeren Händen auf die Erde, bloß einer landete auf dem Gerüst eines Vorratsstapels, das war aber robust und ging nicht kaputt. Inmitten des Höllenlärms des Sikorsky kommandierte Guido die anderen mit militärisch wirkenden Befehlsgesten. Während der Hubschrauber aufsetzte, liefen Guido und zwei Männer mit der Waffe im Anschlag zu den zwei Zelten und durchsuchten sie ganz schnell. Gleichzeitig liefen die vier anderen Männer des Kommandos zu den vier Ecken der Lichtung.

Ivy war in den dunklen Wald zurückgewichen. Die Muskeln ihrer langen Oberschenkel zitterten noch vor Anstrengung unter ihrer Bluejeans. Als sie wieder zu Atem gekommen war, lief sie in einem großen Bogen ungefähr in Richtung Ost-Süd-Ost zur Hütte von Victor und Negra.

Der Hubschrauber war gelandet und hatte seinen Motor abgestellt. Hinter der Frontscheibe waren der Pilot und der Kopilot zu sehen, ein Schwarzer und ein amerikanischer Typ mit blonden Haaren, beide mit Sonnenbrille und Baseballmütze. Sie entspannten sich und rauchten eine Zigarette. Anscheinend waren sie für die Operation lediglich zum Hubschrauberfliegen angeheuert worden.

Als Guido und seine beiden Begleiter aus dem Zelt kamen, rissen sie die Spannseile heraus und ließen es zusammenstürzen, ohne Gehässigkeit, eher mit gelassener Bösartigkeit. Obwohl der Sikorsky ja nun keinen Krach mehr verursachte und eine verbale Kommunikation möglich gewesen wäre, machte sich Guido seiner Mannschaft in Tarnanzügen weiterhin durch Gesten verständlich, und man schwärmte aus, um die Umgebung zu durchstreifen.

Als Ivy an der Hütte angelangt war, ging sie hinein und wäre beinahe mit dem Brustbein gegen die Mündung der Winchester gestoßen, die Negra im Anschlag hielt.

«Ganz ruhig, ich bin's», sagte Ivy unnötigerweise. «Wo ist Victor?»

«Jagen gegangen.»

«Wir hauen ab.»

«Ja», meinte auch Negra.

«Wir können nicht auf Victor warten, verstehst du?»

«Ja, na klar!» sagte Negra ungeduldig.

Sie verließen die Hütte. Ivy ging zunächst nach Norden, in Richtung zur Tiefebene, bog dann zur östlichen Seite des Turquino ab.

«Wir steigen hoch», entschied sie.

«Das wird uns aufhalten. Die werden uns einholen.»

Doch Ivy lief schon los, und Negra folgte ihr. Ivy hatte der Kleinen vorerst noch die Winchester gelassen.

«Sie werden zuerst denken, daß wir uns ins Tal verzogen haben», sagte die junge Frau. «Wenn wir Glück haben, suchen sie keine Spuren, sie stürzen sofort runter nach Las Mercedes.»

«Und wohin gehen wir? Hoch auf den Berg?»

«Wir gehen am Berghang entlang und dann immer weiter. Wenn wir gut laufen, werden wir in zwei oder drei Tagen nach Santiago hinuntergehen können. Jetzt nicht mehr sprechen. Atme richtig. Wir müssen so weit wie möglich kommen, bevor es Nacht wird.»

Negra nickte schweigend. Sie liefen. Nach einer Stunde wurde es ziemlich dunkel, dann mit einem Mal stockfinster. Sie legten sich an den Fuß einer Pinie. Kalt war ihnen nicht: es waren 17° trotz der Höhe von beinahe 1300 Metern. Dennoch konnten sie lange nicht einschlafen.

«Glaubst du, daß wir sie abgehängt haben?» fragte Negra.

«Ich weiß nicht. Sag mal, du hast sofort begriffen, daß diese Männer gefährlich für dich sind. Wieso?»

«Ich weiß nicht.»

«Doch, du weißt es», sagte Ivy.

«Oh», meinte die Kleine. «Victor hat mir beigebracht, mißtrauisch zu sein. Er hat mir gesagt, daß eines Tages Männer kommen und mir was tun könnten.»

«Warum?»

«Oh, ich weiß nicht.»

«Heißt du Alba?» fragte Ivory Pearl.

«Alba? Was für ein komischer Einfall! Nein. Nein, ich heiße nicht Alba. Ich bin müde», sagt Negra plötzlich und gähnte in der Dunkelheit, Ivy ließ sie in Ruhe, und bald waren beide eingeschlafen.

26

«Soso! Chino! Nehmt Lampen und geht runter!» hatte Guido befohlen, und die beiden Angesprochenen hatten aus dem Sikorsky große wasserdichte Taschenlampen geholt und waren eilig den Hang zur Ebene hinuntergestiegen. Guido sagte: «Cheyenne, nun zeig uns mal, was du kannst.»

Cheyenne war ein großer junger rotblonder Mann mit sehr rosiger Haut und hellgrünen Augen. Er lief den Bereich der Lichtung ab und untersuchte den Boden. Zu diesem Zeitpunkt war es noch nicht Nacht, Ivy und Negra gingen immer noch nach Osten, sie hatten keine Pause gemacht, sie schliefen noch nicht. Cheyenne richtete sich wieder auf und kam zu Guido zurück. Die drei anderen Mitglieder des Kommandos standen am Waldrand verteilt, zwei von ihnen hatten ihre M1 umgehängt und rauchten Zigaretten.

«Die Leute, die hier kampieren, benutzen hauptsächlich drei Wege», sagte Cheyenne. «Nach Westen am Gebirgskamm entlang, nach Norden zur Ebene und nach Osten, hier entlang.» (Er wies mit dem ausgestreckten Arm nach rechts in die Richtung; seinen Karabiner hielt er mit der Laufmündung nach unten in der linken Hand.) «In Richtung Osten ist heute ein Zweig geknickt worden.»

Die ganze Lichtung lag nun im Dunkeln. Der Hubschrauberpilot beugte sich aus der Tür seiner Maschine.

«He!» rief er zu Guido, der ihm aber mit der Hand ein Zeichen gab, einen kleinen Augenblick zu warten.

«Von den Leuten, die wir suchen», sagte Guido zu Cheyenne, «ist der Mann wirklich äußerst gefährlich. Du machst mal einen kleinen Abstecher dahin.» (Er zeigte nach Osten.) «Beweg dich ganz langsam. Geh nicht allzu weit. Und komm bald wieder. Wir bleiben hier. Ich schick den Hubschrauber zurück. Der Blödmann hat Schiß, nach Instrumenten zu fliegen.»

Cheyenne nickte zweimal lächelnd, was wie ein nervöser Tick aussah, wandte sich von Guido ab und verschwand vorsichtig in östlicher Richtung im Wald. Guido ging zum Hubschrauber und sagte dem Piloten, er könne nach Havanna zurückkehren und solle am nächsten Morgen um 7 Uhr wiederkommen. Der Sikorsky startete, hob ab, flog eine Kurve nach Nordwesten am malvenfarbenen Himmel.

«Macht Feuer», befahl Guido den drei Männern, die noch bei ihm waren. «Und baut das Zelt wieder auf, und seht zu, daß ihr irgendwelche Fetzen findet, mit denen wir uns zudecken können.»

Danach brach die Nacht sehr schnell herein.

Um das Feuer sitzend aßen die vier Männer Überlebensproviant, Guido warf dabei oft einen aufmerksamen Blick ins Dunkel. Da tauchte plötzlich Cheyenne wieder auf. Er trat langsam in den Lichtschein des Feuers, um sich nicht von einem übernervösen Gefährten abschießen zu lassen. Er setzte sich zu den anderen.

«Ich hab die Spuren verfolgt. Es sind ziemlich viele. Eine Person ist vor kurzem hier vorbeigelaufen, ungefähr einssiebzig groß, sechzig Kilo, eine Frau, würd ich sagen. Sie ist gerannt. Man muß durch einen *arroyo*, und sie hat große Spritzer gemacht, ganz frische, ich würd sagen, sie hat uns kommen sehen.»

«Ich hab Scheiße gebaut», fiel ihm Guido mit ausdrucksloser Stimme ins Wort. «Es war nur noch eine Stunde hell, und ich wollte sie überraschen. Man hätte morgen früh wiederkommen müssen, um sie zu überrumpeln und, wenn nötig, Jagd auf sie zu machen. Meine Herren, ich bitte um Entschuldigung. Cheyenne, erzähl weiter.»

«Ich bin zu einer Hütte aus Zweigen und Lehm gekommen», sagte Cheyenne. «Zwei Schlafplätze. Ein Lyman-Fernrohr. Pfeile. Kein Bogen.» (Guido zuckte zusammen und warf einen Blick hinter sich.) «Ich hab nicht alles sorgfältig untersuchen können, weil es dunkel wurde», fuhr Cheyenne fort. «Ich würd sagen, da leben zwei Personen, und eine davon ist ein großer und ziemlich muskulöser Mann.»

«He, he, Cheyenne», meinte einer der Männer lachend. «Wie hast du das denn rausgekriegt?»

«Die Pfeile», sagte Cheyenne gutgelaunt. «An der Größe der Pfeile erkennst du die Größe des Bogens, und die Größe des Kerls, der den Bogen spannen kann. Stark wie ein Pferd.»

«Nennt man dich deshalb Cheyenne?» fragte ein anderer. «Weil du wie ein indianischer Fährtensucher bist, wie im Film?»

«Nein. Ich heiße wirklich Richard Cheyenne. Ich hab kein indianisches Blut. Ich stamme aus einer alten arabischen Familie, und wahrscheinlich hieß einer meiner

Vorfahren Chahine. Daraus ist dann ‹Cheyenne› geworden.»

Der Mann, der gefragt hatte, blickte kurz zu Guido. Der schien nachzudenken und ließ sich nicht von dem Gespräch ablenken.

«Ja, aber wie kam es denn, Cheyenne», sagte der Mann, «daß du Fährtenleser geworden bist? Und, na ja, daß du so was halt so gut kannst?»

«Als Kind hab ich Jack London gelesen, das hat mich fasziniert», begann Cheyenne, tauchte aber sofort seitwärts ab, wobei er Guido umstieß, denn der Mann ihm gegenüber hatte gerade einen Pfeil in den Hals bekommen, der mit der Spitze am Nacken wieder austrat.

«Vom Feuer weg!» rief Cheyenne, rannte los und verschwand im Dunkeln.

Guido und die beiden unversehrten Männer stürzten gleichfalls in die Finsternis. Sie hörten die Sehne des Bogens sirren, ein Pfeil flog durch den Lichtkreis des Feuers und verschwand. Der vom ersten Pfeil getroffene Mann lag auf dem Rücken, hatte die Beine angezogen, wälzte sich von einer Seite auf die andere, stöhnte und versuchte, sich an den Hals zu fassen. Die Pfeilspitze hatte die Drosselvene durchtrennt, die groß ist und direkt vom Hals zum Herzen führt, und viel dunkles Blut floß aus der Wunde. Ziemlich schnell verfiel der geschwächte Verletzte in einen Zustand der Erstarrung und hörte auf, sich zu bewegen und zu schreien, man hörte bloß noch seine röchelnde Atmung. Cheyenne eröffnete plötzlich das Feuer und schoß fünf Kugeln Kaliber .30 in die ungefähre Richtung des unsichtbaren Bogenschützen, dann verließ er schleunigst seinen Standort und versuchte, zu seinen Gefährten zu kommen, er stolperte über jemanden und warf sich flach auf den Bauch.

«Cheyenne?» meinte Guidos unnachahmliche Stimme.

«Ja. Alles in Ordnung?»

«Ich hab nichts. Aber ich hab die ganze Operation versaut.»

«Ein Toter, das ist doch noch gar nichts.» (Der Verletzte hatte aufgehört zu atmen.) «Wir müssen bloß bis zum Morgen durchhalten. In Korea hab ich noch viel Schlimmeres mitgemacht.»

Soso und Chino, die beiden Männer, die Guido in die Ebene geschickt hatte, hetzten in diesem Augenblick den Hang hinunter und leuchteten sich mit ihren Taschenlampen den Weg. Keuchend kamen sie gegen 23 Uhr in Las Mercedes an: eine ungepflasterte Hauptstraße, gekalkte Häuser, eine Kirche im spanischen Kolonialstil. Alles war dunkel, außer dem Laden von Ignacio Chaumón, dort war etwas Licht zu sehen, obwohl anscheinend geschlossen war. Ein Mietwagen, ein Studebaker Commander, der ein cremefarbenes Dach hatte und ansonsten knallrot war, parkte vor dem Laden. Soso und Chino trommelten an die Ladentür. Nach einer Weile öffnete der Ladenbesitzer Ignacio Chaumón und lugte mißtrauisch durch den Türspalt.

«Es ist geschlossen.»

«Wir wollen nur kurz was trinken.»

Ignacio Chaumón überlegte und musterte die beiden Männer.

«Schöne Karabiner habt ihr da.»

«Ja. Die mögen wir sehr.»

«Aus der Politik halt ich mich raus», erklärte Chaumón.

«Wir uns auch.»

«In Santiago haben die Leute mit der Polizei gekämpft», sagte Chaumón wieder. «Das geht mich nichts an.»

«Uns auch nicht.»

Ignacio Chaumón leckte sich die Lippen und seufzte.

«Ich hab nur Coca-Cola, Rum und Bier.»

«Ist doch prima.»

Ignacio Chaumón seufzte wieder, machte die Tür auf und trat mit unglücklicher Miene zur Seite. Soso und Chino kamen herein, die Waffen über den Schultern. Sie gingen um die Ladentheke herum, doch sie blickten sofort zur Seite zu dem langen schmalen Tisch, denn dort saß ein Mann vor einer Coca-Cola. Europäer, mit einer breiten hohen Stirn, blondem Haar, das sich allmählich lichtete, blauen Augen, einer großen Hakennase, einem feinen blonden Schnurrbart und einem zerknitterten beigefarbenen Tropenanzug über einem roten Seidenhemd mit offenem Kragen.

«Guten Abend, meine Herren», sagte der Mann höflich.

Soso und Chino murmelten etwas Angemessenes zurück, bestellten *rum y coca* bei Ignacio Chaumón und gingen zu dem Tisch. Der Mann sah sie abschätzend an, ihre Tarnanzüge, ihre schwarzen Bandanas auf dem Kopf und ihre M1-Karabiner. Mit einer Handbewegung bat Soso um die Erlaubnis, sich setzen zu dürfen, was ihm gewährt wurde, die beiden Männer setzten sich, nahmen ihre Waffen ab und lehnten sie mit der Mündung zur verräucherten Decke an den Tisch. Der Ladenbesitzer brachte ihnen die Getränke und zog sich hinter seinen Tresen zurück.

«Tourist?» fragte Soso.

Der Coca-Cola-Trinker nickte.

«Und Sie?» sagte er. «Jäger?»

«Jäger», bestätigte Soso. «Gehört der Ihnen, der Stud?»

Erneutes Nicken.

«Sind Sie heute aus Santiago gekommen?»

«Aus Manzanillo.»

«Haben Sie Europäer auf der Straße gesehen?»

«Hab ich nicht drauf geachtet.»

«Vielleicht eine Frau, einen großen blonden Mann und ein ganz junges Mädchen», half Soso nach. «Auf dem Weg nach Norden.»

«Ich hab nichts dergleichen gesehen.» (Der Mann wühlte langsam und gelassen in einer seiner Taschen; Sosos und Chinos Muskeln spannten sich an; der Mann zog ein großes rotes Seidentaschentuch heraus und putzte sich die Nase; Soso und Chino entspannten sich; der Mann steckte sein Taschentuch wieder ein und zog eine Beretta-Pistole, Modell 1934 Kaliber 9 mm, heraus und richtete sie auf Soso.) «Keine Bewegung», sagte Samuel Farakhan.

27

Im Gebirge war Ivy nachts nach nur wenigen Minuten Schlaf im Wald geweckt worden, als Richard Cheyenne im Lager schnell hintereinander fünf Kugeln in die ungefähre Richtung des Bogenschützens abgefeuert hatte. Negra schlief neben ihr, atmete regelmäßig und kaum hörbar. Die Nacht war mild. Über den Zweigen der Pinien waren viele Sterne am Himmel zu sehen. Stundenlang konnte Ivy nicht wieder einschlafen.

Nachts im Lager auf der Lichtung lagen Guido und die drei anderen unverletzten Männern an den Boden gepreßt und versuchten, in der Dunkelheit etwas zu erspähen. Das Feuer war richtig aufgebaut worden und brannte gut. Es brauchte sehr lange, bis es ausging. Im Gegensatz dazu hatte der Mann, dem Victors Pfeil den Hals zerrissen hatte, schon nach wenigen Minuten sein Leben ausgehaucht. Die anderen kamen ihm nicht zu Hilfe und rührten sich nicht, solange das Feuer brannte, solange noch Flammen züngelten, solange das Areal des Lagers dadurch gefährlich hell erleuchtet wurde. Als endlich nur noch ein gedämpftes orangefarbenes Licht unter einer Schicht weißer Asche von der Brandstätte übriggeblieben war, robbte Guido noch näher an Richard

Cheyenne heran und flüsterte ihm etwas ins Ohr. Die Information wurde weitergegeben. Ganz vorsichtig glitten die Männer wie riesige dunkle Schnecken durch das Gras in den Schatten und verteilten sich um die beiden Zelte. Dann warteten sie wieder.

Nachts in Las Mercedes in der Ebene hatte Farakhan im Laden von Ignacio Chaumón gesagt:

«Stehen Sie auf, legen Sie die Hände auf den Kopf und drehen Sie sich um. Treten Sie einen Schritt vor. Gut.»

«Sie auch, mein Herr, legen Sie auch die Hände auf den Kopf», sagte Ignacio Chaumón ängstlich zu Samuel Farakhan und richtete über die Ladentheke eine Ithaca-Doppelflinte auf ihn. «Das ist Doppelnull-Schrot», fügte er erklärend hinzu, um seinen Gegner einzuschüchtern.

«Diese Männer sind Banditen», sagte Farakhan ohne seine Haltung zu verändern.

«Das glaube ich auch», pflichtete ihm Chaumón bei. «Aber vielleicht sind Sie auch einer. Alle werden sich setzen und die Hände auf den Kopf legen.» (Er hielt seine Jagdflinte weiter im Anschlag, ging um den Tresen und auf das Trio zu.) «Und alles weitere», sagte er, «wird dann mit den Behörden geklärt.»

Plötzlich schwenkte Chino herum und bückte sich nach seinem Karabiner. Unwillkürlich schoß Farakhan ihm eine Kugel in den Oberkörper. Genauso instinktiv drückte Ignacio Chaumón einen der beiden Abzüge seiner Ithaka. Wenigstens verschoß er nicht gleich beide Ladungen. Die furchtbare Garbe Postenschrot flog zwischen Soso und Farakhan vorbei, ließ die *rum y coca* der beiden Leute des Kommandos zerplatzen, riß Chino, der gerade nach vorn fiel, das halbe Gesicht weg und sprenkelte die Wand mit Löchern und Blutspritzern. Farakhan

164

schwenkte, nur vom Reflex gesteuert, herum und feuerte auf Chaumón. Das Geschoß traf den Ladenbesitzer am Bauchnabel, und der Mann ließ seine Flinte fallen. Soso sprang auf seinen M1 zu. Farakhan schwenkte herum, richtete die Beretta auf Sosos Oberkörper und drückte auf den Abzug. Es passierte nichts.

«Ich würd sagen, die hast du wohl nicht richtig saubergemacht», meinte Soso dazu, faßte seinen Karabiner mit beiden Händen am Lauf, schlug zuerst mit dem Kolben auf den rechten Unterarm von Farakhan, der seine Waffe fallen ließ und vor Schmerz aufjaulte, dann mit dem Kolben auf den Schädel von Farakhan, der daraufhin mit dem Bauch auf den Tisch fiel und dabei seine Coca-Cola umstieß.

«Na, schön», meinte Soso.

Er blickte zu Ignacio Chaumón, der dastand, stöhnte, seinen Bauch befühlte und feststellen mußte, daß er blutete. Soso drehte seinen M1 wieder richtig herum, lud ihn, legte an und schoß eine Kugel in den Kopf von Ignacio Chaumón, der tot umfiel. Soso sah sich danach Chino an, dem beim Atmen rote Bläschen aus dem Mund kamen, richtete sich kopfschüttelnd wieder auf und gab seinem Gefährten mit einem Karabinerhieb hinter das Ohr den Rest. Danach lud er mit sicheren Griffen das Magazin seiner Waffe nach. Rauch war in der Luft. Es roch nach Pulver, Blut und Scheiße. Soso fesselte den bewußtlosen Samuel Farakhan sorgfältig, steckte sich die Beretta in die Tasche, hob sich Farakhan auf die linke Schulter, hängte sich seinen M1 über die rechte Schulter, nahm seine elektrische Taschenlampe in die rechte Hand und ging hinaus. Es war alles finster in dem kleinen Ort, niemand hatte sich um die Schießerei gekümmert oder aber die Leute hatten Angst.

«Scheiße», brummte Soso vor sich hin. «Ist der Blödmann schwer.»

Er ging in Richtung Gebirge. Es war kurz nach Mitternacht.

28

Die Flüchtenden brauchten Wasser.

Vor ihnen lagen mindestens zwei Tagesmärsche in schwierigem Gelände, und sie hatten kein Wasser, keinen Behälter, nichts.

Eine Dreiviertelstunde vor Tagesanbruch ging Negra, die kurz zuvor wach geworden war, zusammen mit der noch schläfrigen Ivy in einem Halbkreis nach Südosten, um den kleinen Wasserlauf zu suchen, an dem sie sich sonst immer weiter unten ihren Vorrat holten, und der bestimmt auf dem steilen Hang des Turquino entsprang.

Zum gleichen Zeitpunkt oder vielleicht noch etwas früher, schickte Guido, als sich der Himmel allmählich aufzuhellen begann, Richard Cheyenne vom Lager aus auf einen Erkundungsgang. Gebeugt schlich der rothaarige Fährtensucher mit dem rosigen Teint mit seinem Karabiner im Anschlag unter den Pinien davon. Bald kam er zu dem *arroyo*, ging das Bachbett stromaufwärts, wobei er vorsichtig immer nur auf die Steine trat. Unablässig blieb er stehen und drehte den Kopf erst zu der einen, dann zu der anderen Seite, um zu horchen. Seine grünen Augen leuchteten. Durch das plätschernde Wasser konnte er die Geräusche im Wald nicht wahrnehmen.

Einige hundert Meter stromaufwärts hatten Ivy und Negra den Bach erreicht und tranken sich mit Wasser voll.

«Ich hab Hunger», sagte die Mädchen.

«Ich auch», sagte Ivy. (Sie flüsterte.) «Wir finden vielleicht unterwegs was zu Essen. Vielleicht auch nicht. Wir müssen versuchen durchzuhalten und den Gürtel enger schnallen.»

Das Mädchen hatte keinen Gürtel, es trug nur ein riesiges T-Shirt, das so weit war wie ein Nachthemd und von Ivy stammte. Sie trank noch etwas Wasser, richtete sich wieder auf und rülpste.

«Ich platze gleich. Ich kann nicht mehr.»

In einiger Entfernung waren plötzlich drei Schüsse zu hören.

«Wir hauen ab», sagte Ivy, und die Flüchtenden rannten nach Osten durch den Wald.

Victor war mit seinem ganzen Gewicht auf dem Rükken von Richard Cheyenne gelandet, der drei Schüsse aus der Kaliber .30 abgab, als er mit dem Bauch im Wasser aufschlug. Auf den Lenden des Kundschafters sitzend, entriß ihm Victor mit einer Hand den Karabiner, packte ihm mit der anderen in die Haare und drückte sein Gesicht in den *arroyo*.

«Was machen wir?» fragte einer der Männer des Kommandos Guido.

«Nichts.»

Im Bett des *arroyo* zog Victor den halberstickten Richard Cheyenne an den Haaren zurück, er rang nach Luft, keuchte, hustete und würgte. Victor hielt ihn weiter fest und sagte ihm leise etwas ins Ohr, als der Mann wieder dazu imstande war, ihn zu verstehen. Cheyenne öffnete seine grünen Augen und hörte zu.

«Gut», sagte er heiser und atemlos. «Ich hab verstanden.»

«Leg deine rechte Hand auf den Stein da», befahl ihm Victor.

Richard Cheyenne seufzte, zögerte, legte seine Hand hin.

Mit dem Parang schlug ihm Victor Maurer das Endglied des rechten Zeigefingers ab.

«Verdammt gute Klinge», kommentierte der Kundschafter erstaunt. «Es hat nicht mal weh getan.» (Er verzog plötzlich das Gesicht.) «Au», meinte er. «Jetzt tut es weh.»

«Damit du dich immer daran erinnerst: ich hätte dir auch den Kopf abschlagen können», sagte Victor Maurer. «Jetzt geh und überbringe meine Nachricht.»

Victor Maurer, der seinen Bogen und den Köcher mit den Pfeilen auf dem Rücken trug, steckte seinen Parang wieder in die Scheide, nahm Cheyennes Karabiner, ging von seinem Opfer weg, entfernte sich von dem kleinen Wasserlauf und verschwand im Wald.

Der Himmel war nun ganz klar und kobaltblau. Hinter dem Turquino ging die Sonne über dem Meer der Antillen auf. Ivy und Negra bewegten sich schnell in Richtung Osten fort, machten dabei einen kleinen Bogen nordwärts, um nicht die steilen Gipfelhänge des Turquino hinaufklettern zu müssen. Negra trug immer noch die Winchester. Im Lager hielten sich Guido und die beiden ihm verbliebenen Männer immer noch in Deckung. Sie sahen Richard Cheyenne ohne seinen Karabiner aus dem Wald zurückkommen, er hatte ein Taschentuch um seinen Zeigefinger gewickelt und ein schmerzverzerrtes Gesicht. Er streckte die linke Handfläche hoch, damit sie nicht sofort auf ihn schossen. Als er sicher war, daß sie ihn erkannt hatten, ging er zu Guido.

«Ich hab mich von dem Bogenschützen schnappen lassen. Er hat mir meine Knarre weggenommen und mir einen Finger abgeschnitten. Na ja, die Spitze. Das tut vielleicht weh, verdammt.»

«Er hat dich nicht umgebracht?»

«Ich soll eine Nachricht von ihm übermitteln.»

Guido blickte kurz zu den beiden Männern, die neben ihm lagen.

«Ihr geht das Gelände absichern», befahl er.

Als sich die beiden Männer entfernt hatten, sah Guido wieder zu Richard Cheyenne.

«Ja, und?»

«Er hat mir gesagt, ich soll den Männern ausrichten, daß er es nicht auf sie abgesehen hat. Wenn sie Sie fallenlassen, läßt er sie am Leben. Aber Sie will er töten.»

«Warum erzählst du mir das?»

«Sie bezahlen mich doch. Ich bin loyal.»

«Gut», flüsterte Guido. «Sehr gut. Ich auch, ich bin auch loyal. Viele sind es nicht. Für deinen Finger kriegst du eine Zulage.»

«Danke. Ich glaub, ich werd nicht lange brauchen, bis ich mit dem Mittelglied wieder einen Abzug drücken kann. Aber jetzt hätte ich gern einen Verband.»

«Der Hubschrauber kommt gleich, da ist der Erste-Hilfe-Koffer drin.»

Einer aus dem Kommando rannte gebückt auf sie zu.

«Jemand kommt aus dem Tal», meinte er aufgeregt. «Sieht aus wie Soso, der Chino über der Schulter trägt oder umgekehrt.»

Der Himmel war ultramarinblau, die Sterne konnte

man nicht mehr erkennen. Der Krach des Sikorsky S-55 war von weitem zu hören. Und etwa zeitgleich flog dann der Hubschrauber über das Areal des Lagers und traf der erschöpfte Soso mit dem gefesselten Farakhan über der Schulter ein.

Ivy und die Kleine schritten zügig durch den Wald.

«Du machst dir doch hoffentlich keine allzu großen Sorgen wegen Victor?» fragte Ivy.

«Ich mach mir überhaupt keine Sorgen. Er ist schlau. Er ist stark. Er kann alles.»

«Hoffentlich.»

«Ich hab Hunger. Wir könnten eine Schlange fangen und sie essen.»

«Wir können kein Feuer machen.»

«Na gut», sagte die Kleine, «dann essen wir sie roh.»

«Ja, gleich», sagte Ivy.

Im Lager saß Farakhan mit noch immer zusammengebundenen Fußgelenken am Boden und massierte sich seine Handgelenke, fuhr sich dann mit der flachen Hand über seine rauhe Wange, auf der blonde Bartstoppel nachgewachsen waren. Richard Cheyenne saß ihm gegenüber, hatte den rechten Zeigefinger dick mit Gaze, Watte und Pflaster umwickelt und bewachte Farakhan mit dem M1-Karabiner des ersten Mannes, den Victor Maurer getötet hatte. Soso und die beiden anderen befanden sich halb unter Gestrüpp verborgen als Späher am Rand des Lagerbereichs. Guido sprach mit dem Piloten und dem Kopiloten der Sikorsky, die mitten auf der Lichtung gelandet war. Die drei Männer saßen in der Maschine. Der Motor des Hubschraubers war abgestellt. Schließlich nickten alle in der Kabine mehrmals, und der Pilot ließ seine Maschine wieder an. Guido sprang auf die Erde und rannte gebeugt zu Soso. Der Hubschrauber hob ab, schwankte bis zu der Höhe von sechzig oder hundert Metern und flog nach vorn geneigt in Schlangenlinien nach Osten. Offensichtlich versuchte er trotz der üppigen Vegetation, den Boden abzusuchen.

Soso gab Guido einen zwar stockenden, aber vollständigen Bericht ab über die Ereignisse am Abend und in der Nacht.

«Und als ich dann mit dem Hund da über der Schulter raufgekommen bin», sagte er, «hab ich ein kurzes Stück vorher einen Rucksack am Wegrand gefunden. Es waren Vorräte drin. Der stand noch nicht lange da: die Tiere waren noch nicht rangegangen.»

«Das war die junge Frau», sagte Guido. «Sie holt immer ihre Vorräte aus dem Tal. Sie hat uns kommen hören. Da ist ja wirklich alles schiefgelaufen. Der Typ...» (mit dem Kinn deutete er auf Farakhan, der ein Stück weiter weg saß) «... hat der sonst nichts erzählt?»

«Daß er sich bei seinem Konsulat beschweren würde. Daß er mir viel Geld verschaffen würde, wenn ich ihn freilasse. Den üblichen Blödsinn. Ich hab ihm zwei, drei Ohrfeigen gegeben. Das Arschloch ist vielleicht schwer.»

Samuel Farakhan beugte sich zu Richard Cheyenne mit den schönen grünen Augen.

«Ich würde mir gern eine Zigarette aus der Innentasche meines Jacketts nehmen.»

«Erlauben Sie», sagte Richard Cheyenne, wühlte mit der linken Hand in Farakhans Jacke und holte ein Päckchen Player's und ein goldenes Dunhill-Feuerzeug heraus, beides war nicht verlorengegangen, als der Engländer auf Sosos Schulter wie ein Sack transportiert worden war. Cheyenne steckte Farakhan eine Player's zwischen die Lippen, eine andere zwischen seine, zündete beide

172

Zigaretten an und steckte dann das Päckchen und das Feuerzeug ein.

«Ich stehle Ihnen die Sachen nicht», beteuerte er. «Ich heb sie für Sie auf. Ich geb sie Ihnen zurück, falls Sie nicht getötet werden.» (Er drehte sich um und sah zu Guido, der noch immer mit Soso sprach. Cheyenne blickte wieder zu Farakhan.) «Hören Sie», sagte er. «Suchen Sie einen großen blonden, sehr muskulösen Kerl, eine junge Frau und ein sehr junges Mädchen?»

Farakhan zog genüßlich an seiner Zigarette. Er antwortete nicht.

«Ich muß wissen, auf welcher Seite Sie sind, oder ob Sie auf gar keiner Seite sind, falls Sie zufällig hier sind.»

«Warum?»

Richard Cheyenne zögerte. Er hatte lange bleiche Wimpern. Seine grünen Augen waren auf Samuel Farakhans blaue Augen gerichtet.

«Sind Sie ein Homo?» fragte Richard Cheyenne plötzlich.

Samuel Farakhan runzelte die Stirn und spuckte seine halbaufgerauchte Player's auf den Boden. Er trat die Glut mit seinen gefesselten Füßen aus. Richard Cheyenne hielt ihm einladend das Päckchen hin. Farakhan nickte. Richard Cheyenne steckte ihm noch eine Zigarette zwischen die Lippen und zündete sie ihm mit dem goldenen Feuerzeug an. Samuel Farakhan faßte für einen Augenblick das Handgelenk des Aufklärers, um die Flamme zur Zigarettenspitze zu führen und streichelte mit dem Daumen die zarte rosige Haut, dann ließ er plötzlich los. Einen Augenblick rauchte er schweigend.

«Und Sie?» meinte er schließlich.

«Gelegentlich», sagte Richard Cheyenne.

173

«Das heißt aber nicht zwangsläufig, daß wir einander vertrauen müssen.»

Richard Cheyenne wandte sich ab, um erneut in Guidos Richtung zu sehen. Dieser war von Soso weggegangen und kam vorsichtig am Waldrand entlang zu ihnen. Cheyenne richtete den Blick aus seinen grünen Augen wieder auf Farakhan.

«Der Mann aus dem Wald hat mich am Leben gelassen. Er hat mir gesagt, daß ich ihm dadurch etwas schulden würde. Es stimmt. Ich schulde ihm was. Ich weiß noch nicht, ob ich auf Ihrer Seite bin, aber ich stehe nicht mehr voll auf der Seite, auf der ich zu stehen scheine. Wir reden später weiter», flüsterte er, da Guido am Gestrüpp entlang auf sie zukam.

Auf Knien und ohne ein Wort zu sagen durchsuchte Guido Samuel Farakhan, in dessen Taschen er ein rotes Seidentaschentuch fand, Autoschlüssel, einen auf seinen Namen ausgestellten britischen Paß, eine perlgraue Brieftasche aus Eidechsenleder, ein Portemonnaie aus weichem, schwarzem Leder mit kubanischem Kleingeld und fast zweitausend amerikanische Dollar in einer goldenen Geldscheinklammer. Guido ermittelte anhand des Passes und anderer Papiere aus der Brieftasche Farakhans Namen.

«Was sind Sie, Mister Farakhan?» fragte er mit seiner heiseren, leisen und pfeifenden Stimme.

«Ich bin ein Gesandter des französischen Geheimdienstes», erklärte Farakhan gelassen und ausgesprochen überzeugend. «Ich bin gekommen, um Ihnen zu sagen, daß Sie Ihre Aktion gegen Alba Black und Victor Maurer einstellen sollen.»

Guido runzelte so stark die Augenbrauen, daß seine Augen fast in den Lidfalten verschwanden.

«Ich glaube, ich werde Sie töten und vergraben», sagte er nach einer Weile.

«Glauben Sie nicht, daß Sie vorher erst einmal nachfragen sollten, was Aaron Black dazu meint?»

«Ich kenne keinen Aaron Black», sagte Guido und drehte sich zu Richard Cheyenne um: «Geh mal kurz um das Gelände», befahl er. «In ein paar Minuten machen wir uns auf den Weg.» (Richard Cheyenne ging sofort los und lief in gebückter Haltung am Rand des Lagerplatzes entlang.) «Ich hab nicht die Zeit, sie so zu verhören, wie ich möchte», sagte Guido zu Farakhan. «Ich werd Sie nach Havanna schicken.»

«Zu Black.»

«Ich kenne keinen Black. Ich werd Sie dahin schikken, wo Sie gut verwahrt sind. Ich kümmere mich später um Sie.»

Guido sprach so laut er konnte, weil der Hubschrauber näher kam. Er verstummte, als der Krach zu laut wurde. Der Sikorsky schwebte in Position, ging runter und setzte auf. Der Kopilot öffnete die Tür. Er bekam eine Kugel in die Brust. Der Pilot bekam eine Kugel in den Kopf.

29

Guido rannte gebückt von Farakhan weg zu Richard Cheyenne, entriß ihm seinen M1 und warf sich mitten auf dem Lagerplatz flach auf den Bauch in die Schußlinie, die durch die Leichen des Piloten und des Kopiloten ziemlich gut auszumachen war. Er legte an und feuerte in den Wald. Er gab schnell hintereinander drei Schüsse ab, dann noch einmal zwei, dann noch einmal vier. Das Magazin eines M1 hat eine Kapazität von 15 Schuß. Guido winkte Cheyenne zu sich. Der rotblonde Aufklärer gehorchte, zog sich an den Ellenbogen auf dem Bauch liegend vorwärts. Guido sagte ihm im Lärm des Sikorsky, dessen Motor immer noch lief, etwas ins Ohr. Er zeigte in den Wald hinein und sagte wieder etwas. Richard Cheyenne nickte, nahm den Karabiner, lud das Magazin nach, kroch dann wieder auf den Waldrand zu und verschwand zwischen den Bäumen.

Als er etwa vierzig Meter unter den Pinien zurückgelegt hatte, hörte der Hubschrauberlärm plötzlich auf. Jemand mußte sich in die Kabine gewagt und den Motor abgestellt haben. Von da an hielt Richard Cheyenne auf seinem Vormarsch häufig den Kopf schief, atmete durch den Mund und horchte dabei. Ein leichter Wind ließ die

Bäume leise rauschen. An diesem frühen Morgen waren es in dieser Höhe bereits mehr als 20 Zentigrad. Es war erst 7.15 Uhr. Weit oben im Himmel trieben einige Zirruswolken. Durch den Golf von Mexiko fuhr das Schiff *Granma*. 45 Meter vom Waldrand entfernt sah Richard Cheyenne sehr große Farne, die zur Seite gebogen und zertreten waren. Er bewegte sich ein Stück weiter darauf zu und bemerkte Blut auf den Farnen. Dann ging er zur Seite weg, machte einen Bogen und kam von hinten wieder auf das Farngestrüpp zu. Inmitten der Pflanzen bemerkte er die halbnackte Gestalt Victor Maurers, der seinen Karabiner fest umklammert hielt, der Bogen lag neben ihm, seinen Köcher hatte er auf dem Rücken, den Parang am Gürtel. Der Mann war in den großen Farnen zusammengebrochen, lag halb auf dem Rücken und hatte viel Blut an der linken Seite. Richard Cheyenne erhob sich leise, war mit drei großen Schritten bei Maurer und entriß ihm den Karabiner. Sie blickten sich an. Angestrengt suchte die rechte Hand Maurers nach dem Griff des Parangs.

«Keine Bewegung», sagte der Aufklärer. «Ich lasse Ihnen Ihr Leben und das Messer. Hat es Sie sehr schlimm erwischt?» (Maurer antwortete nicht. Richard Cheyenne beugte sich vorsichtig über ihn.) «Ein Durchschuß im Hüftgewebe», sagte er. «Ist nicht weiter schlimm, aber Sie bluten. Hören Sie, ich schulde Ihnen was. Ich werd zurückgehen und den anderen sagen, daß Sie abgehauen sind und Ihre Knarre und Ihren Bogen zurückgelassen haben.» (Er nahm sich den Bogen.) «Und viel Blut verloren haben. Guido will vor allem das Mädchen und die junge Frau kriegen. Und die haben schon einen Vorsprung. Man wird also keine Suchaktion starten, um Sie zu finden. Dazu bleibt keine Zeit.»

«Lassen Sie mir meinen Bogen», sagte Maurer.

Richard Cheyenne lachte etwas.

«Sie haben meine Fingerspitze, ich nehm mir Ihren Bogen.»

«Wenn Sie dafür sorgen, daß die Kleine und die Frau entkommen, kriegen Sie Geld», sagte Maurer.

Richard Cheyenne lachte noch einmal fröhlich auf.

«Ich weiß nicht. Ich weiß nicht, auf welche Seite ich mich schlagen soll. Wir haben einen Gefangenen namens Samuel Farakhan, der hat mir auch schon Angebote gemacht. Kennen Sie diesen Farakhan?»

«Vielleicht.»

Richard Cheyenne musterte Maurer unschlüssig, dessen Gesicht war trotz der Bräune bleich geworden. Dann lachte er zum dritten Mal.

«Ich krieg offensichtlich nicht ganz mit, was hier gespielt wird. Ich werd warten, bis ich die ganze Geschichte besser verstehe, und mich dann für ein Lager entscheiden.»

Nachdem er Maurer überzeugend gewünscht hatte, er solle so schnell wie möglich wieder auf die Beine kommen, ließ ihn Richard Cheyenne in den tropischen Farnen liegen und ging mit dem Bogen und den beiden Karabinern wieder zum Lagerplatz. Der Verschluß und der Kolben einer Waffe waren völlig blutverschmiert. Der Aufklärer berichtete Guido, daß der Bogenschütze geflohen war, viel Blut verloren und seine Waffe zurückgelassen hatte.

«Ich kann ihn bestimmt finden und töten», sagte Cheyenne. «Aber das dauert eine Weile.»

«Nein, nein, laß es sein», sagte Guido. «Der greift nicht mehr an. Wir müssen los, nach Osten.»

Weder Guido noch die restlichen vier Männer des

Kommandos konnten den Hubschrauber fliegen. Sie mußten den Sikorsky stehenlassen, nachdem sie einige unerläßliche Ausrüstungsgegenstände herausgeholt hatten: Wasserkanister, Erste-Hilfe-Koffer, Nahrungsriegel. Auch das Vorhaben, Samuel Farakhan nach Havanna zu schicken, mußte aufgegeben werden. Sie banden ihm wieder die Handgelenke zusammen, nahmen aber die Fußfesseln ab. Ein Lederriemen wurde ihm um den Hals geschnallt. Der Gefangene wurde Soso anvertraut, der zum Umfallen müde war, und Guido gab ihm den Befehl, dem Kommando so schnell er konnte zu folgen. Dann machten sich Guido, Cheyenne und die beiden noch verbliebenen Söldner in östlicher Richtung auf den Weg.

Natürlich wurde Richard Cheyenne dazu bestimmt, vorneweg zu laufen und die Fährten zu lesen. Und von nun an brauchte er länger als notwendig dafür.

Hier endet das Manuskript der «Blutprinzessin».

FORTSETZUNG UND SCHLUSS
DER GESCHICHTE VON IVORY PEARL

(Nach den Arbeitsnotizen von
Jean-Patrick Manchette)

Ivory und Negra sind auf der Flucht. Anstatt den Nord-
hang der Sierra Maestra hinunterzulaufen, wie es das
Kommando erwartet hatte, hasten die Flüchtenden gewissermaßen auf der Höhe des Gebirgskamms tangential
am Turquino vorbei in Richtung Santiago de Cuba. Ivory stellt unter Beweis, daß sie eine Expertin im Über-
lebenskampf ist.

Gleichzeitig nutzt auf der Seite der Verfolger Maurer jede Gelegenheit, den Marsch zu verzögern, die Ausrüstung zu beschädigen, versprengte einzelne zu töten.

Nach einem ziemlich heiklen Zusammentreffen mit den
Verfolgern sieht Ivory den verletzten und blutüber-
strömten Maurer mit Richard Cheyenne, den sie als
Kommandomitglied wiedererkennt. Da glaubt Ivy Maurer verloren und beschließt, keine Zeit mehr zu verlieren
und weiterzugehen. Ivy weiß nicht, ob Negra die Szene
gesehen hat oder nicht.

Nachdem der Kontakt abgebrochen ist und sie mit Müh
und Not entkommen konnten, meint Ivy, daß Negra den
verletzten Maurer doch gesehen hat: noch unter Schock
stehend hat die Kleine offenbar einen Alptraum, in dem

180

sie sagt, daß sie Alba Black sei. Von Ivy geweckt, scheint sie sich teilweise an diese Ereignisse erinnern zu können. Ivy befragt sie und stützt sich dabei auf das, was sie schon von der Geschichte weiß. Ivy zieht daraus folgenden Schluß: Negra ist wirklich Alba; Maurer, der Kidnapper von Alba, hat das Kind im Dschungel auf eigene Verantwortung festgehalten und es im Laufe der Jahre seiner Erinnerungen beraubt, weshalb, das weiß sie nicht; sie muß so schnell wie möglich bei Aaron Black Zuflucht suchen, also sofort nach Havanna aufbrechen.

Auf dem Kamm der Sierra hören die Fliehenden weit im Westen den Lärm einer bewaffneten Auseinandersetzung. Verwundert fragen sie sich, ob dies mit ihrem eigenen Abenteuer in Zusammenhang steht, doch es handelt sich um den Beginn einer militärischen Kampagne von nicht geringer historischer Tragweite. Auch die Verfolger sind für einen Augenblick genauso verwundert.

Ivory und Negra erreichen endlich die Zivilisation: Santiago de Cuba, und versuchen von dort aus, nach Havanna zu kommen. Die Flugzeuge sind für militärische Operationen gegen die «Banditen» des Doktor Castro beschlagnahmt. Es gelingt ihnen, sich ein altes amerikanisches Auto zu besorgen, und sie fahren in Richtung Havanna, das etwa tausend Straßenkilometer entfernt liegt.

Zur gleichen Zeit schafft sich Maurer das gesamte Mordkommando vom Hals.
    Richard Cheyenne wird von Guido getötet, als er versucht, Samuel Farakhan zur Flucht zu verhelfen.

Farakhan verschwindet in dem Durcheinander.

Von dem Kommando überlebt nur Guido, der Maurer entkommt.

Maurer erkennt, daß Aaron Black selbst Auftraggeber der ersten Entführung Albas und der gegenwärtigen operierenden Todesschwadron ist. Das bedeutet, daß sich Ivory und Negra geradewegs in die Höhle des Löwen begeben.

Bei dem Versuch, sie einzuholen, muß Maurer beträchtliche Schwierigkeiten überwinden. Als er versucht, Guido aus dem Weg zu räumen, wird er von der Armee gefangengenommen; Maurer wird verdächtigt, ein Söldner Castros zu sein. Guido nutzt die Gelegenheit und verschwindet. Unmittelbar vor einer Massenhinrichtung entkommt Maurer und kapert mit gezogener Waffe das Flugzeug eines Plantagenbesitzers. Er fliegt schleunigst Richtung Havanna und hofft, die Flüchtenden noch einzuholen.

Im letzten Teil ihrer Reise haben Ivory und Negra eine Autopanne. Ivory kann den Schaden beheben, doch in der Zeit konnte Maurer sie einholen. Auf den letzten Kilometern der Reise gibt es eine Verfolgungsjagd zwischen Maurer in einem gestohlenen guten Wagen, der aus ganz persönlichen Gründen die Flüchtenden noch vor ihrer Ankunft in Havanna zu erreichen versucht, und Ivory und Negra in einem behelfsmäßig reparierten, unzuverlässigen Wagen. Die Verfolgungsjagd geht in Havanna, am Ende sogar zu Fuß, weiter.

Ivory und Negra platzen mitten in eine große Abendparty, die am Meer in einem Casino-Hotel und auf der

Yacht von Aaron Black stattfindet und bei der viele Habañeros zugegen sind. Auch die Presse ist da. Ivory taucht plötzlich auf und bringt Alba zu ihrem Onkel Aaron Black zurück – von dem angenommen wird, daß er sie tot wähnt –, das ist eine nette Geschichte und sorgt zwar nur kurz, aber weltweit für Schlagzeilen. Dadurch kann Aaron Black nicht so vorgehen, wie er es gern würde, und Alba nicht sofort umbringen lassen.

Maurer trifft übrigens in etwa zur gleichen Zeit ein. Auch er kann nichts unternehmen, wegen der vielen Gäste und Fotografen, und weil er dann auf der Stelle abgeknallt worden wäre. Guido ist da und zahlreiche andere Männer von Black. Simon Black ist auch anwesend, zusammen mit Julienne. Maurer sieht Aaron Black und sieht, daß dieser ihn bemerkt hat. Er begreift allmählich, wie Black vorgehen will, um aus dieser unangenehmen Situation herauszukommen.

Ivory und Alba sind im Casino-Hotel untergebracht und erholen sich von den aufwühlenden Ereignissen. Maurer versucht, zu ihnen zu gelangen, um sie vor der drohenden Gefahr zu warnen. Aaron Black rechnet damit, daß Maurer versuchen wird, sie zu treffen, und hat die Absicht, sie dann zu töten und Maurer die Verbrechen in die Schuhe zu schieben. Er läßt Ivy unauffällig beobachten und Alba streng bewachen. Maurer durchschaut den Plan von Aaron Black, entwickelt aber einen eigenen, um zwar einerseits in die Falle zu gehen, aber andererseits lebend wieder herauszukommen.

Ivory Pearl, die von Aaron Black persönlich empfangen wird, bekommt von ihm eine ungefähre Beschreibung

des von Castro ausgeführten Coups in der Sierra Maestra. Black spricht verächtlich über die Rebellen und gibt
ihnen keinerlei Erfolgschancen.

Aaron Black glaubt, daß Maurer seinen Plan durchschaut und ändert seine Strategie; er läßt Ivy die nötige
Bewegungsfreiheit, damit Maurer die Möglichkeit hat,
kurz Kontakt zu ihr aufzunehmen. Was auch geschieht.
Maurer muß Ivy erst einmal von seiner Glaubwürdigkeit
überzeugen, dann verrät er ihr, wie die Situation wirklich ist. Er erläutert ihr zunächst, daß Aaron Black das
erste Kidnapping seiner Nichte Alba inszeniert hat, denn
sie ist die legitime Erbin der Hälfte seines «Imperi-
ums» – dessen alleinige Kontrolle er anstrebt. Ivory hört
schweigend zu.

Dann erzählt Maurer ihr folgendes:
1950 ist es ihm nicht gelungen, Alba zu retten. Das
kleine Mädchen starb an seinen Verletzungen.
Die französische Polizei findet Maurer wenige Jahre
später in England wieder und hält ihn fest. Er wird dem
französischen Geheimdienst übergeben.
Die Franzosen lassen Maurer am Leben und frei, vorausgesetzt, er spielt bei der geplanten Intrige mit: Aaron
Black soll glauben, daß seine blutige Entführung von
1950 gescheitert ist, seine Nichte Alba noch lebt, unter
Maurers Schutz steht und irgendwo versteckt ist. Ein
Mädchen, das so alt ist wie Alba, wenn sie überlebt hätte, wird mit Maurer zusammen in die Maestra geschickt.
Das Gebiet ist ein hervorragendes Versteck, es gehört
zu einem der bevorzugten Wirkungsstätten von Aaron
Black und ist nicht allzu weit von Havanna entfernt, wohin er sich jeden Winter begibt.

Nach einiger Zeit wird jemand dorthin geschickt, um Maurer und die Kleine «wiederzufinden» und sie auf wunderbare Weise in die Zivilisation zurückzubringen. Das wird Aaron zu einem weiteren Mordversuch an «Alba» zwingen, bei dem der französische Geheimdienst, der Black kaltstellen möchte, sich seiner ganz legal bemächtigen kann.

Mehr konnte Maurer bis zu diesem Zeitpunkt nicht wissen, er hatte unterdessen aber noch etwas herausgefunden:

Der ursprüngliche Plan hatte vorgesehen, daß Maurer und Ivy gemeinsam nach Havanna kommen sollten, um dort die wundersame Rückführung von «Alba» öffentlich in Szene zu setzen. Ivys Name sollte dabei für noch mehr Aufsehen sorgen. Doch irgend etwas war schiefgelaufen, und man hatte ein Killerkommando geschickt, um sie alle aus dem Weg zu räumen.

Die Begegnung ist nur kurz, doch Maurer vereinbart mit Ivy ein Treffen für den nächsten Abend. Er will dann die Fotografin und das kleine Mädchen aus dem Hotel wegbringen.

Zur vereinbarten Zeit dringt Maurer in das Hotel-Casino ein und muß sich dabei mehrere Leibwächter Aaron Blacks vom Hals schaffen. Er holt Ivy und «Alba» heraus. Doch die von ihm getroffenen Vorsichtsmaßnahmen, um aus der Falle entwischen zu können, erweisen sich letztlich als unzulänglich. Als sich die drei in einer scheinbar aussichtslosen Lage befinden, greift Samuel Farkahan ein und rettet die Situation. Maurer trägt seinen letzten Kampf mit Guido aus. Aaron Black wird diskret von seinem Sohn Simon getötet. Simon Black, der bislang im Schatten gestanden hatte, scheint eine Art Palastrevolution geglückt zu sein.

Maurer und Ivy, die abseits des Trubels etwas ausgespannt haben, aber die offizielle Version der Geschichte in den Zeitungen mitverfolgt haben, besuchen Negra, die vorübergehend – und vielleicht wirklich? – wieder zu «Alba» geworden und anscheinend dazu verurteilt ist, wie eine Prinzessin, doch als Gefangene von Simon Black, in einem goldenen Käfig zu leben. Empört verlangen Sie, Simon Black zu sprechen und protestieren gegen das Schicksal von Negra. Simon gibt ihnen zu verstehen, daß sie einsehen sollten, manipuliert worden zu sein, *auch von Samuel Farakhan* (bei dieser Bemerkung ist Ivy ziemlich verblüfft.) Simon gibt eine ziemlich «philosophische» Darstellung der Verbindung zwischen den französischen Agenten, Farakhan und ihm.

Simon Black liefert Ivy und Maurer etliche Informationen:

Simon wollte die lukrativen Geschäfte seines Vaters für seine Zwecke nutzen. Er hat mit dem französischen Geheimdienst eine Vereinbarung getroffen, der Aaron Black aufgrund seiner Waffengeschäfte mit bestimmten algerischen Rebellen ausschalten möchte. Samuel Farakhan ist für den französischen Geheimdienst tätig. Die DST informiert Simon über ihren Plan und darüber, daß sich Ivy durch die Vermittlung Farakhans, der ihr Protektor ist, nach Kuba begeben wird, dort die vermeintliche «Alba» wiederfinden und sie zu ihrem «Onkel» zurückbringen soll. Da Ivory Pearl sehr berühmt ist und da alles vor den Augen der Öffentlichkeit stattfindet, wird

Aaron Black weder die kleine «Alba» noch diejenige, die sie wiedergefunden hat, diskret verschwinden lassen können.

Wenn die Kleine erst einmal in Havanna ist, wird die «Wahrheit» bald ans Licht kommen und Aaron Black sich verraten. Da Aaron vom französischen Geheimdienst bei dem Versuch, Alba umzubringen, auf frischer Tat gestellt wird, könnte Simon dann die Leitung der Geschäfte übernehmen.

Doch Aaron Black erhält, was keinesfalls vorgesehen war, aus unbekannter Quelle die Nachricht von der Anwesenheit Maurers und der falschen Alba. Der völlig niedergeschmetterte Simon ahnt, wie Aaron reagieren wird, dieser setzt auch tatsächlich ein Killerkommando auf Maurer und «Alba» an. Simon tut sein möglichstes, um den Tod Victors und der falschen Alba zu verhindern: Richard Cheyenne ist sein Mann und sollte eigentlich die Kleine zurückholen und sich im geeigneten Augenblick auf Maurers Seite schlagen.

Ivy gibt die Rolle Farakhans bei der ganzen Geschichte dennoch zu denken.

In Kuba geht das Jahr mit einem Treffen zwischen einem Mann des CIA und Simon Black zu Ende. Simon versichert dem amerikanischen Agenten, daß er die Geschäfte wie sein Vater fortführen und die amerikanischen Direktiven hinsichtlich der Waffenverkäufe an die Algerier beachten wird. Insgesamt gesehen bringt die geheime Aktion der Franzosen nicht das erhoffte Ergebnis.

31. Dezember 1956.

Am Flughafen Le Bourget begrüßt *Commissaire* Montag Ivory und Maurer, die sich nach Paris und dann in die Normandie zu Samuel Farakhan begeben. Montag, der die DST verlassen hat und eine zunehmende Abneigung gegen die Welt der Geheimdienste empfindet, ist gekommen, um sich mit Ivy über Farakhan auszusprechen. Sie hat zwar keine Lust, einem Flic zuzuhören, doch er besteht darauf, und sie willigt ein. Montag ergänzt die Erklärungen noch durch folgende Aussagen:

Aaron Black hat dem FLN Waffen geliefert und gleichzeitig, diesmal mit Unterstützung des französischen Geheimdienstes, auch dem MNA. Der französische Geheimdienst hat die Widerstandsbewegung Bellounis' infiltriert, um sie schon Ende 1955 gezielt im Süden (südlich von Tiaret) einzusetzen. Diese Stellung ist Voraussetzung für die Kontrolle über die Sahara und die Erdölvorkommen.

Der CIA drängt seinerseits Aaron Black, die Bellounis-Widerstandsbewegung übermäßig mit Waffen auszustatten, damit sie sich später gegen die Franzosen wendet. Bei dem Kampf darum, Aaron Black zu Fall zu bringen, ging es also eigentlich um die Kontrolle der Waffenlieferungen an Bellounis. Eine Aktion des französischen Geheimdienstes, der sich der amerikanische Geheimdienst entgegenstellte.

Die Information, daß Ivy «Alba» wiedergefunden hat, wurde von Farakhan an Lajos weitergegeben, von Lajos an den amerikanischen Geheimdienst, schließlich vom amerikanischen Geheimdienst an Aaron Black. Die Tatsache, daß letzterer davon wußte und den ungefähren Aufenthaltsort von Ivy und «Alba» kannte, hat dazu geführt, daß Aaron versuchen wollte, Alba, Ivy und Maurer zu liquidieren, und sofort das Kommando losgeschickt hat.

Maurer wurde von der französischen Polizei wegen der Toten im Strandhaus und der Entführung von Alba Black festgehalten, als der französische Geheimdienst ihn da herausholte, um ihn für seine eigenen Zwecke einzusetzen. Er wurde zum Instrument bei ihrem Plan, Aaron Black zu beseitigen.

Farakhan war gezwungen, mit der DST, den französischen Stellen und dort wiederum mit Montag zusammenzuarbeiten, weil sie ihm drohten, Lajos auszuweisen. Lajos wiederum war den Amerikanern verbunden, die ihn – wie Balázs und Branko auch – bei seiner Flucht in den Westen befragt und angeworben hatten.

Vielleicht, so mutmaßt Montag, hat Farakhan aber auch aus eigener Überzeugung gehandelt, getrieben von dem Wunsch, daß das Öl der Sahara (und ab 1960 das künftige Versuchsgelände für die erste französische Atombombe) unter europäischer Kontrolle bleiben sollte. Farakhan ist für ein neutrales Europa, das einem neutralen Afrika nahesteht, um als dritte Kraft zwischen Russen und Amerikanern zu fungieren. Er arbeitet also eher mit den Franzosen als mit den Engländern zusammen, weil die Engländer hoffnungslos dem amerikanischen Einflußbereich unterliegen.

Ivory sagt sich, daß Farakhan letztlich auch aus Liebe gehandelt hat, aus Liebe zu Lajos und ebenfalls zu ihr.

Maurer und Ivy verbringen den Tag gemeinsam in Paris, und man begreift, daß die beiden zusammengehören, ein Paar sind.

Den ersten Abend des Jahres 1957 hören Maurer und Ivory gemeinsam mit Samuel Farakhan Musik. Die Atmosphäre ist behaglich.

Maurer und Ivory verhalten sich bei Farakhan unterschiedlich. Ivy akzeptiert, daß ihr Ersatzvater etwas durchtrieben ist, weil sie sich letztlich von ihrer Illusion verabschiedet: dem vergeblichen Versuch eines ruhigen Lebens in der Abgeschiedenheit; dafür hat sie jetzt den Wunsch, Geschichte zu machen und deren verworrenen Wegen zu folgen. Maurer seinerseits benimmt sich wie «der letzte Unabhängige», geht hinaus, um eine Zigarre zu rauchen und tritt nicht wieder in Erscheinung. Ivy hat den nicht zu verwirklichenden Traum von der Insel und der Liebe gegen den Ehrgeiz getauscht, eine entscheidende Rolle in der Welt zu spielen, gemeinsam mit ihrem Ersatzvater und vielleicht mit dem Ziel, ihn eines Tages zu übertreffen.

In einer Art Epilog wird gesagt, was in den folgenden dreißig Jahren aus den Hauptpersonen wird, wobei vieles im dunkeln bleibt, und in der 1. Person Singular wird angekündigt: daß ich bald erzählen werde, was sie heute machen, in dem Maße, wie ich von der nunmehr sechzigjährigen Ivory Pearl über die geheimen Vorgänge dieser Welt aufgeklärt werde.

«Die Menschen in schweren Zeiten»

Anfang 1989 beginnt Jean-Patrick Manchette seinen Roman *La Princesse du sang (Blutprinzessin)*. Mit diesem Buch will Manchette in die Literaturszene zurückkehren. Denn seit *La Position du Tireur Couché*, 1980–81 als Fortsetzungsroman in *Hara-Kiri* erschienen und 1982 in die *Série Noire* übernommen, hatte der Autor ja kein neues Buch mehr veröffentlicht.

La Princesse du sang sollte zudem einen mehrere Romane umfassenden Zyklus einleiten, der den übergreifenden Titel *Les Gens du Mauvais Temps* trägt. Manchette hatte diesen Zyklus bewußt derart weit angelegt, um auf eine ihm neue Art die historische Periode, die er umfaßt, behandeln zu können. In einem 1993 von *France Culture* gesendeten Interview ordnet er das Ende dieses Geschichtsabschnitts, der in seinen Augen eine Wende bedeutet, folgendermaßen ein:

«Ein guter *Roman noir* ist ein sozialer Roman, ein gesellschaftskritischer Roman, der zwar Geschichten von Verbrechen erzählt, der aber zugleich versucht, die Gesellschaft – oder einen Teil der Gesellschaft – an einem bestimmten Ort, zu einer bestimmten Zeit abzubilden. Von meinem Standpunkt aus war dies ein genau umrissener Zeitraum, nämlich der nach 68, und auch wenn meine Schmöker immer in Frankreich spielen, sind sie doch Bestandteil einer Periode, in der die Wiederauflage der Revolution von 68 weiterhin möglich zu sein scheint. Diese Möglichkeit erlischt gegen Ende der siebziger Jahre.»[1]

Das Ende des besagten Zeitabschnitts entspricht dem Beginn dessen, was Manchettes «Schweigen» genannt wurde. Als der Autor erkennt, daß ein Kapitel der Geschichte zu Ende geht, entschließt auch er sich, eines abzuschließen. Er glaubt, nicht mehr so weiterschreiben zu können, wie er es zwischen 1970 und 1980 getan hat, auch den *Roman noir* nicht. Durch ein Zusammentreffen verschiedenster Faktoren wird er somit, zumindest in den Augen des Publikums, eine geraume Weile in literarisches «Schweigen» versinken – das heißt, er wird eine ganze Zeitlang nur sehr wenig veröffentlichen, und keinen einzigen Roman.

«1980/81 habe ich aufgehört zu schreiben: Ich habe einen letzten Schmöker hervorgebracht, bei dem ich wirklich das Gefühl hatte, eine Periode abzuschließen, eine Periode für mich und auch für die Außenwelt.»[2]

Doch gerade Anfang der achtziger Jahre ist Manchette weiten Kreisen bekannt, bei Kritikern wie bei Lesern von Kriminalromanen, und sogar bei Kinobesuchern, die seinen Namen unter anderem mit drei Filmen, in denen Alain Delon die Hauptrolle spielt, in Verbindung bringen. Sogar in den auflagenstarken Zeitungen und im Fernsehen wird er durchweg als die zentrale Figur beim Wiedererstarken des französischen «Polar» bezeichnet, als Mentor oder Bannerträger einer Schar junger Talente und Erneuerer des Genres. Tatsächlich ist er während der vergangenen zehn Jahren derart unermüdlich

---

1 1993 von *France Culture* gesendetes Gespräch mit Emmanuel Laurentin.
2 Ebd.

tätig gewesen, daß er das Ende der siebziger Jahre in einem Zustand ausgesprochener Überarbeitung und hochgradiger Erschöpfung beschließt. Seit dem Jahr 1971, in dem sein erster Roman in der Série Noire, *L'Affaire N'Gustro,* veröffentlicht wird, hat er zehn Bücher geschrieben, also jedes Jahr eins, zudem zahlreiche Drehbücher und Filmadaptionen, Kurzgeschichten, ein Theaterstück, *Cache ta joie*, für die Comédie de Saint-Etienne, *Griffu*, einen beachtenswerten Comic, der in enger Zusammenarbeit mit dem Zeichner Jacques Tardi entstand; außerdem etwa zehn weitere Werke übersetzt, an mehreren Tageszeitungen und Zeitschriften mitgearbeitet und sogar eine Zeitlang ein Wochenblatt geleitet. Es ist nahezu unglaublich, wie umfangreich und vielfältig sein Schaffen während dieser zehn Jahre war. Nach diesem exzessiven Herumwirbeln stellt er Ende der siebziger Jahre fest, daß auch eine ebenso aufrührerische Epoche, die heilsam hätte sein sollen, zu Ende geht, und er fragt sich ratlos und erschöpft: Wie soll es weitergehen? Wie ist die persönliche Entwicklung, die historische Entwicklung und die Entwicklung der von ihm bevorzugten Form, des *Roman noir*, miteinander in Einklang zu bringen?

Manchette selbst lehnt die Rolle des «Stars des Neo-Polar» zwar ab, zu dem ihn die Massenkommunikationsmittel mit aller Gewalt machen wollen, wird jedoch immer wieder mit dem Titel «Vater» (wenn nicht sogar «Papst») «des Neo-Polar» bedacht, und dies mit beinahe boshafter Regelmäßigkeit. Je mehr Zeit vergeht, desto mehr fühlt er sich als großer Altmeister oder als führender Kopf einer Bewegung, die eigentlich kaum etwas mit ihm gemein hat, lebendig mumifiziert. Seine Jahre der Suche, in denen ein neues Projekt in ihm reift, werden je nach Betrachter mit den Worten «Schweigen» oder «Krise» etikettiert. Und immer mal wieder wird er einfach mit einem seiner Lieblingsschriftsteller verglichen: Hat nicht auch Dashiell Hammet nach seinen großen Erfolgen unter einer fast vollständigen Schreibblockade gelitten?

Gab es bei Manchette während dieser Zeit wirklich eine schöpferische «Krise»? Allem Anschein nach nicht. In welcher Verfassung befand sich der Schriftsteller denn, als er zu Beginn der achtziger Jahre das Gefühl hat, seine «Krimi-Jahre beendet zu haben»[3]. Mit *La Position du tireur couché* war für den Autor ein Endpunkt erreicht, die Suche nach einem bis zum Äußersten abgespeckten, von allem Überflüssigen bereinigten «völlig behavioristischen Stil»[4] gewissermaßen abgeschlossen. Auf diesem Weg fortzufahren, ohne sich zu wiederholen, war also schwierig. Zudem betrachtet Manchette die Welt mit jenem klaren und desillusionierten Blick, den er mit den Situationisten[*] teilt. Deshalb seziert er die traurige Entwicklung des Kriminalromans auch ohne das geringste Mitleid und ohne jegliche Nostalgie:

«Die meisten gesellschaftlichen Bewegungen der 60er und 70er Jahre sind entweder politisch vereinnahmt

---

3 Äußerungen während eines 1991 für *Libération* geführten Gesprächs anläßlich des Erscheinens von Ross Thomas' *Out on the Rim* (*Am Rand der Welt*), protokolliert von Antoine de Gaudemar.
4 Ebd.
* Politische, literarische, künstlerische Avantgarde-Bewegung, Ende der fünfziger Jahre in Frankreich gegründet. Die Mitglieder betrachteten sich als Erben des Surrealismus und des Lettrismus und machten während der Unruhen 1968 mittels radikaler Stellungnahmen auf sich aufmerksam. – G. G.

worden oder einfach stehengeblieben. Der Krimi hat genau das nachvollzogen. Er ist nur noch eine der allgemeinen Ordnung perfekt angepaßte unbedeutende Kulturware und wird von Autoren beherrscht, denen es um ganz andere Dinge geht als mir.»[5]

Wie kann Manchette mit einem derartigen Blick auf die Welt des Krimis in diesem Genre weiterhin schriftstellerisch tätig sein? Augenscheinlich ist ihm dies nicht möglich, es sei denn, er begehe Selbstverrat. Er muß also eine andere Form, ein anderes Gebiet finden.

Trotzdem will er den über alles geliebten *Roman noir* nicht aufgeben:

«Ich hänge sehr am Stil des amerikanischen *Roman noir,* und ich fürchte die literarischen Entwicklungen[*] des Krimis wie die Pest. [...] Literarischer Dünkel hat mich immer angewidert.»[6]

Diese paradoxe Situation führt ihn also in zwei Richtungen: zum einen die des Broterwerbs, die der Notwendigkeit entspringt, sich Zeit erkaufen zu müssen, um über einen Ausweg nachdenken zu können; zum anderen die der unaufhörlichen Suche nach dem besagten Ausweg.

Somit verdeckt das von der Presse derart hochgespielte «Schweigen» in Wahrheit einen Großteil von Manchettes Begabungen, sein ausuferndes Schaffen:

---

5 Ebd.

* Wenn der *Roman noir* aufgewertet wird, also von der Unterhaltungsliteratur zur «hohen» Kunst wird, fügt er sich nach Meinung Manchettes in das gesellschaftliche System ein, das er kritisieren soll, und wird korrumpierbar. Der *Roman noir* könnte dann seine Funktion als «moralische Literatur unserer Zeit» (Manchette) nicht mehr wahrnehmen. – *G. G.*

6 Ebd.

seine Arbeit als Drehbuchautor, Dialogautor oder Bearbeiter für später realisierte oder nicht realisierte Film- oder Fernsehprojekte (Titel in Hülle und Fülle: eine Adaptation von *Fatale* und *À l'abordage* für Gérard Jourd'hui; *Conquistador* zusammen mit Philippe Labro; *Aveugle que veux-tu?* für Juan-Luis Buñuel; eine Folge der Serie *Le Tiroir secret* mit Michèle Morgan; *Riviera*, ein Pilotfilm zur Serie mit einem Privatdetektiv als Helden; *Service canon*, später *Match!*; eine Neuverfilmung von *The eighth Mrs. Bluebeard, Die achte Mrs. Blaubart*, nach Hillary Waugh für Pierre Grimblat; *Névrose*, ein fantastischer Film; und weitere); die Übersetzungen, da er geschätzte Autoren wie Donald Westlake (*Kahawa*, ein in Uganda unter der Diktatur von Amin Dada spielender Actionroman, oder *Ordo*, eine pechschwarze *Novella*) oder ihm sehr am Herzen liegende Sachen wie den englischen Comic *Watchman* übertragen möchte; seine Arbeit als Analytiker oder Theoretiker in dem von ihm bevorzugten Genre, dem *Roman noir;* seine brillanten Artikel zeigen, daß seine Schreibe unvergleichlich bleibt.

Schließlich seine Arbeit als Schriftsteller, denn zwischen 1982 und 1988 entstehen Romanentwürfe, Rohfassungen von Romanen, Romananfänge und halb fertiggestellte Romane:

«Ich habe meine Zeit damit verbracht, zu schreiben und mir dabei zu sagen, daß es nicht geht. Ich habe alle meine Konzepte fortgeschmissen. Ich fand sie, wie soll ich sagen, überflüssig. Ich habe ungeheuer viel weggeworfen. Ich habe versucht, so weiterzumachen, als ob der Schlußpunkt von *La Position du tireur couché* keiner gewesen wäre, zumindest kein bewußter. Mir fehlte es nicht an Ideen, doch sie alle zerrannen mir letztlich früher oder später. Aber schließlich habe ich doch wieder angefangen, ernstlich zu schreiben.»[7]

Während des «Schweigens», das es den Journalisten derart angetan hat, nimmt das Paradoxon geradezu absurde Züge an, und der Name Manchette wird gewissermaßen zum Zauberstab. Schreibt er etwa einen Artikel, um auf den hochinteressanten Roman von James Ellroy *Blood on the Moon* (*Blut auf dem Mond*) aufmerksam zu machen, so wird das Buch zum Bestseller. Übersetzt er einen Comic, erhält er einen Grand Prix beim Festival in Angoulême. Gibt er einer Zeitung ein Interview, so löst das helle Verzückung aus. Seit er «schweigt», ist seine «Aura» so strahlend wie nie zuvor. Die Medien haben statt seiner eine Romanfigur erfunden, die ihnen besser gefällt als der real existierende Mensch. Doch einerlei, er kümmert sich nicht darum und arbeitet weiter, oft amüsiert er sich darüber, als ob er ein B-Movie-Schauspieler wäre, der eine Doppelrolle spielt.

Mitte 1988 hat er genug von seiner Arbeit als Drehbuchautor, mit der er seit der Fertigstellung von *La Position du tireur couché* hauptsächlich beschäftigt war. Er stellt praktisch jede Tätigkeit als Dialogautor oder Bearbeiter ein und widmet sich von nun an ausschließlich der Umsetzung seines neuen Romans. Bis auf seine regelmäßigen Beiträge in der Zeitschrift *Polar* wird lediglich die Übersetzung der Romane von Ross Thomas diese mit strenger Disziplin durchgeführte Arbeit unterbrechen.

Ross Thomas und Manchette begegnen sich 1988 in Spanien, der amerikanische Schriftsteller unterhält auf

---

7 Ebd.

internationaler Ebene Kontakte mit politischen Kreisen und Geheimdiensten; seine Bücher schildern mit Humor eine von etlichen obskuren Mächten beherrschte Welt. Diese Sicht der Dinge gefällt Manchette natürlich, der schon einige Jahre zuvor auf die Bücher von Thomas aufmerksam geworden war. Die beiden Männer freunden sich an; Manchette schlägt vor, einen Verleger für Thomas' Romane zu suchen und diese zu übersetzen. Bis 1995 werden sie ständig im Briefwechsel stehen.

Ross Thomas' Herangehensweise an den Spionageroman hat zweifellos das Konzept des Zyklus *Les Gens du Mauvais Temps* nachhaltig beeinflußt, als dessen erster Teil *La Princesse du sang* vorgesehen war. Die Verwendung immer wiederkehrender Personen, die im Laufe der Episoden auftauchen und verschwinden, ein nunmehr internationaler, nicht mehr nur nationaler Handlungsrahmen, geheime Mächte, die eine große Anzahl von Statisten auf dem politischen Schachbrett manipulieren, all diese Elemente finden sich auch im Aufbau des von Manchette ins Auge gefaßten Zyklus wieder. Durch die Lektüre von John LeCarré und, in etwas geringerem Maße, auch von Westlakes *Kahawa*, hatte sich dem Autor bereits Neuland erschlossen. Mit Ross Thomas' Werk fügt sich das Puzzle zum Bild zusammen: Er glaubt, den Weg für eine Erneuerung seiner Form gefunden zu haben und sein Werk dadurch weiterbringen zu können.

Der Zyklus wird zu Manchettes ehrgeizigstem Vorhaben. Es bleibt nicht mehr nur auf Frankreich oder allein auf die siebziger Jahre bezogen und verbindet *Roman noir* und politische Geschichte. Im Januar 1991, als er schon zwei Jahre an dem Projekt arbeitet, beschreibt er in einem Interview für die *Libération* dessen Hauptmerkmale:

«Im Grunde genommen bin ich in meine alten Fußstapfen getreten und zu meinen Jahren des Schreibens, aber auch zu allen vergangenen Jahren überhaupt zurückgekehrt. Ich bin bis zum Jahr 1956 zurückgegangen, ein historisches Datum: Budapest, der Algerienkrieg. Damals war ich zwar noch Gymnasiast, doch ich erinnere mich ganz genau an die Schlagzeilen in den Zeitungen. Ich habe also den kühnen Plan, die Geschichte von jenen Jahren ausgehend aufzuarbeiten und mit den Sechzigern, dem Mai 68, den Siebzigern etc. weiterzumachen. Falls es hierbei ein Grundthema geben sollte, dann wäre das in etwa dieser Satz: ‹Aber wie zum Teufel konnte es nur so weit kommen›?»[8]

Bei seinem ersten Band entscheidet sich Manchette dafür, auf das Konzept eines alten, Ende der siebziger Jahre verfaßten Drehbuchs zurückzugreifen, und verlagert die Handlung nach Kuba, in die Zeit des Castro-Aufstands. Ein ehrgeiziges Buch, von dem der Schriftsteller, Perfektionist wie eh und je, mehrere Versionen verfaßt. Nach den beiden ersten, die an sich schon spannend sind, zerpflückt er jeweils seine Arbeit mit Anmerkungen von erstaunlich dichter Aussage, sichtet alles neu, montiert es neu. Die dritte, Ihnen hier vorliegende Fassung, war die endgültige Version der *Blutprinzessin*; ihre stilistische Vollkommenheit ist geradezu verblüffend.

1989 schließlich, als er gerade die erste Fassung des

---

8 1993 auf France Culture gesendetes Interview mit Emmanuel Laurentin.

Buchs zu überarbeiten beginnt, erkrankt Manchette an Krebs und kämpft dann bis Juni 1995 gegen die Krankheit an. Dabei gibt es Höhen und Tiefen, erträgliche Jahre und weniger erträgliche; so oft er kann, nimmt er die Arbeit wieder auf.

In anderen Momenten jedoch, wenn er von seinen Aufenthalten im Operationstrakt äußerst mitgenommen ist, beschließt er aus eigenem Antrieb, einige Tage in der psychiatrischen Abteilung des Saint-Antoine-Krankenhauses zu verbringen. Im Grunde genommen findet er das amüsant. Einmal gibt er dort sogar ein Interview. Sobald er wieder zu Hause ist, fängt er erneut an zu schreiben. Bis zu den nächsten Warnzeichen.

1991 bringt er den Mut auf und reist gemeinsam mit seiner Frau Mélissa nach Kuba, um für sein neues Projekt zu recherchieren. Denn dort spielt die *Blutprinzessin* im wesentlichen: Er erkundet mit dem Auto die gesamte Insel, und er fotografiert so viel wie möglich, um alles zu dokumentieren. 1993 gründet er für einige Monate die informelle ikonoklastische «Banana»-Bewegung, in die er einige Freunde aufnimmt; ihre Hauptaktivität besteht darin, bei Demonstrationen den Einsatzkräften der CRS Bananenschalen vor die Füße zu werfen. Dabei gelingt es ihm, einige gute Aufnahmen von verdutzten Polizisten zu machen und gleichzeitig Verwirrung unter den Kräften der Konterrevolution zu stiften. Er ist gerade einundfünfzig Jahre alt. Zwei Jahre darauf stirbt er.

Bereits seit 1965 führte Manchette fast durchgängig Tagebuch. In dicken Schulheften oder auch anderswo notierte er Erlebtes, Gesehenes und «kleine alberne Begebenheiten», sammelte Zeitungsausschnitte aus *Le*

Monde, in denen die Entfremdung unserer Gesellschaft beschrieben wurde, sowie schließlich unterschiedlichste Zitate aus vergangenen Zeiten. Ein eigenartiges Vorgehen, aus dem ein ziemlich großartiges Werk hervorging. In einem kleinen Notizbuch aus dem Jahr 1989, in dem er seinen Romanzyklus in Angriff nimmt, stehen auf der ersten Seite die folgenden zwei Zitate:

«*Fünfzig Jahre sind nunmehr verflossen, seit ich Kalif bin. Schätze, Ehrerbietungen, Freuden, alles habe ich genossen, bis zur Neige. Die Könige, meine Rivalen, schätzen, fürchten und beneiden mich. All das, was die Menschen sich gemeinhin wünschen, wurde mir vom Himmel gewährt. In diesem langen Zeitraum scheinbarer Glückseligkeit habe ich die Tage zusammengezählt, an denen ich wahrlich glücklich war: Es sind vierzehn an der Zahl. Sterbliche, achtet daher die Größe, die Welt und das Leben.*»
Abd ar-Rahman III., Kalif von Córdoba (889–961)

«*Ist ja typisch.*»
(Bud Boetticher, *Ride Lonesome*, 1959)

Im Grunde sagt dies alles. Und trotz alledem wird es Manchette nicht davon abhalten, bis zu seinem Tod zu schreiben.

All jene, die sich an seinem «Schweigen» ergötzt haben, jene, die ihn bereits zu Lebzeiten zum Fossil machen wollten, all jene werden nun behaupten, er habe Angst davor gehabt, sein Buch letztlich fertigzustellen, weil er die Reaktionen der Kritiker und des Publikums fürchtete, und dieses Werk von vornherein als postumes geplant.

Hätte er es noch erlebt, daß sein vollendetes Buch gedruckt, verkauft, gelesen wird, er wäre wirklich sehr glücklich darüber gewesen – zumindest einen Tag lang.

Doug Headline

WORTERKLÄRUNGEN

Argot: Gaunersprache, Szenesprache, die Sprache der Straße.

AVH/AVO: Ungarische «Staatsschutzabteilung/-behörde»

Arroyo: Bach.

Commissaire: Entspricht in Deutschland dem heutigen Rang des Polizeirats.

CRS: «Compagnies Républicaines de Sécurité»; mobile Bereitschaftspolizei für die innere Sicherheit.

CRUA: «Comité Révolutionnaire pour l'Unité et l'Action», Revolutionäres Komitee für Einheit und Aktion (algerische Befreiungsbewegung).

Djebel: Berg, Gebirge. – Am Djebel Nador waren 1921–1926 die Aufstände der Rifkabylen in Marokko gegen die französische Vorherrschaft.

DST: «Direction de la Surveillance du Territoire», Hauptabteilung für die Überwachung des Staatsgebietes; zuständig für Spionageabwehr.

Fellagha: Von den Franzosen verwendeter Ausdruck für algerische Widerstandskämpfer.

FLN: «Front de Libération Nationale», Nationale Befreiungsfront (Algerien)

Guajiro: (kubanisches Spanisch:) Bauer.

MNA: «Mouvement National Algérien», Algerische National-Bewegung (bürgerlich-nationale Befreiungsbewegung).

MTLD: «Mouvement pour le Triomphe des Libertés Démocratiques», Bewegung für den Sieg der demokratischen Freiheiten (algerische Freiheitsbewegung).

NAACP: «National Association for the Advancement of Colored People», Nationale Vereinigung zur Förderung der farbigen Bevölkerung (USA).

SDECE: «Service de Documentation Èxtérieure et de Contre-Espionnage»; Nachrichtendienst und Spionageabwehr.

Série Noire: «Schwarze Reihe»; Krimi-Reihe des renommierten französischen Verlags Gallimard.

INHALT

In der Reihe «auf abwegen» sind bisher erschienen:

Jean-Patrick Manchette
Volles Leichenhaus
ISBN 3-923208-43-X

Jean-Patrick Manchette
Knüppeldick
ISBN 3-923208-44-8

Jean-Patrick Manchette
Fatal
ISBN 3-923208-47-2

Jean-Patrick Manchette
Blutprinzessin
ISBN 3-923208-49-9

Jean-Bernard Pouy
Die Schöne von Fontenay
ISBN 3-923208-48-0

Jean-Bernard Pouy
Larchmütz 5632
ISBN 3-923208-45-6

Chantal Pelletier
Eros und Thalasso
ISBN 3-923208-46-4

Serge Preuss
Einverständnis vorausgesetzt
ISBN 3-923208-50-2

Laurence Démonio
Eine Art Engel
ISBN 3-923208-40-5

Jordi Sierra i Fabra
Tod in Havanna
ISBN 3-923208-42-1

Roberto Estrada Bourgeois
Ein Modigliani aus Kuba
ISBN 3-923208-39-1

August Gödecke
Die Pest der Gewalt
ISBN 3-923208-41-3

In Vorbereitung:

Jean-Bernard Pouy
Engelfänger
ISBN 3-923208-57-X

Chantal Pelletier
Der Bocksgesang
ISBN 3-923208-53-7

Sylvie Granotier
Dodo
ISBN 3-923208-54-5

Pascale Fonteneau
Die verlorenen Söhne
der Sylvie Derijke
ISBN 3-923208-52-9

Thierry Jonquet
Die Goldgräber
ISBN 3-923208-51-0